TOUCHED
TO DIED

건들면
죽는다

FUSION FANTASTIC STORY

다크홀릭 퓨전 판타지 소설

건들면 죽는다 12

다크홀릭 퓨전 판타지 소설

초판 1쇄 찍은 날 § 2015년 10월 21일
초판 1쇄 펴낸 날 § 2015년 10월 28일

지은이 § 다크홀릭
펴낸이 § 서경석

편집책임 § 김현미

펴낸곳 § 도서출판 청어람
등록번호 § 제387-1999-000006호
등록일자 § 1999. 5. 31
어람번호 § 제1-2266호

주소 § 경기도 부천시 원미구 심곡2동 163-2 서경B/D 3F (우) 420-822
전화 § 032-656-4452 팩스 § 032-656-4453
http://www.chungeoram.com
E-mail § chungeorambook@daum.net

ISBN 979-11-04-90479-0 04810
ISBN 978-89-251-3509-0 (세트)

TOUCHED TO DIED

건드면
죽는다

c

FUSION FANTASTIC STORY

다크홀릭 퓨전 판타지 소설

12

청
어
람

CONTENTS

Chapter 01

말도스 공작

건들면 죽는다

1

　〈그분은 소드 마스터일지도 모릅니다. 그 누구도 그것을 확인할
방법이 없어서 장담하기는 힘듭니다. 하지만 지금까지 보여준 능력
만 놓고 보아도 그 이상이면 이상이지 절대 이하는 아닐 것입니다.
…중략……〉

　손을 기다리고 있는 말도스는 최근 밀사를 통해 전해진
편지를 꺼내 다시 한 번 읽어보았다.
　"흐음, 이게 사실이면 우리에게도 큰 희망이 될 수 있겠
지만 과연 그럴까?"

그는 고요한 호수를 바라보며 이렇게 중얼거렸다.

말이 좋아 소드 마스터지 그 경지에 오르려면 초인이 되어야 한다.

그리고 그런 초인의 길에 접어들기 위해서는 그 어떤 천재라고 해도 최소 삼십 년 이상은 하루도 빼먹지 않고 미친 듯이 검법을 수련해야 할 터이다.

그러나 루카스 왕자의 아들이라는 사람의 나이는 올해로 고작 스물한 살에 불과하다. 그가 설혹 엄마 배 속에서부터 검을 수련해 왔다고 해도 소드 마스터는 꿈도 꾸지 못할 나이라는 뜻이다. 그러니 불신할 수밖에.

"그렇지만 루카스 왕자님의 후손이 등장한 것만으로도 우리에게 큰 힘이 될 수 있는 것만큼은 분명하다. 죽은 줄로만 알고 있던 그가 살아 돌아온 것이니 말이야. 게다가 남들에게 소드 마스터로 오해받을 정도의 실력이라면 미래가 기대되는 인재인 것만큼은 틀림없지 않겠는가. 흐음."

바스티안과 크리스티안의 음모만 분쇄한다면 훗날 손도 결국 왕좌에 오를 터였다. 결코 쉬운 일은 아니겠지만 말이다.

하지만 그 사실만으로도 말도스는 그에게 충성을 바칠 각오가 되어 있었다.

"배는 어디에 정박하고 있는 게냐?"

내내 혼잣말을 하던 말도스 공작이 갑자기 자신의 옆에 장승처럼 서 있는 기사에게 이런 질문을 던졌다.

나이가 족히 오십은 된 것 같은 중년인이다. 여기까지 따라온 것을 보면 꽤 믿을 수 있는 노련한 호위 기사인 것 같았다.

"호수 건너편 나루터에 있습니다. 다른 사람들의 이목을 끌 수 있어 배는 거기에 두고 사공은 집으로 돌아가라고 했습니다."

"그건 잘했다. 마나를 다룰 줄 알면 행여 노를 젓는 것이 서툴러도 이곳까지 올 수는 있겠지?"

"충분할 것입니다."

호수 건너편 나루터에서 섬까지의 거리는 약 2킬로미터다. 배를 타본 적이 없는 일반인이라면 혼자 노를 젓고 건너오기가 그리 쉬운 거리는 아니다.

그러나 마나를 운용할 줄 아는 사람이라면 가능하고도 남을 터였다.

"이것 보게, 기사 오리엘."

"네, 각하!"

"소드 마스터에 도달하기 위해서는 얼마 정도의 시간이 필요하다고 생각하는가? 검에 관해서는 천재적인 소질이 있는 사람이 매일 열심히 수련한다는 가정하에서의 이야기일세."

시선은 여전히 호수 쪽에 둔 채 말도스 공작이 갑자기 뜬 금없는 질문을 던졌다.

"글쎄요. 아무리 천재라고 해도 최소 삼십 년 이상은 걸리지 않을까요? 검에 관해서는 역사 이래 최고라고 평가받고 있는 제국의 별 아리스타라는 사람도 나이 마흔 다섯에 이르러서야 소드 마스터가 되지 않았습니까?"

"그렇지. 그리고 보니 그 사람이 대륙 역사상 가장 빨리 소드 마스터에 오른 인물이었군. 그가 네 살부터 검을 잡았다고 했으니 정확히 사십일 년 만에 도달한 것이로군. 허허허, 내가 요즘 나이가 들어서 그런지 너무 무리한 욕심을 부리고 있던 게야. 이제 고작 스물한 살이신 저하께서 소드 익스퍼트 상급 정도는 되지 않을까 하는 말도 안 되는 기대를 하고 있었다니, 쯧쯧."

그동안 모은 정보에 의하면 오늘 만나기로 한 숀의 실력이 꽤 대단한 것으로 알려져 있었다.

물론 소드 마스터라는 소문은 적을 기만하고 아군의 사기를 드높이기 위한 작전에서 비롯되었을 것이다.

하지만 아무리 그래도 다들 속아 넘어간 것을 보면 실제 실력도 어느 정도는 된다고 할 수 있었다.

그랬기에 은연중 말도스 공작은 숀에게 일말의 기대를

걸고 있었다. 그게 얼마나 멍청한 기대였는지 지금 명확히
깨달았지만 말이다.

"너무 실망하지 마십시오, 각하. 그렇게 대단한 소문을
몰고 다니시는 분인 만큼 언젠가는 진짜로 소드 마스터에
오를지도 모르니까요."

"흐음, 하긴 그것도 그렇겠군. 과연 그럴 가능성이 있는
분인지 빨리 만나보고 싶네그려."

기사 오리엘의 말이 평소 느긋한 편이던 말도스의 심경
에 변화를 일으켰는지 조급하게 말했다.

그런데 바로 그때.

슈아아아앙! 쩌쩍!

"헉! 저, 저게 뭐지?"

"그, 그러게 말입니다."

호숫가에 화려한 막사를 지어놓고 대화를 나누고 있던
말도스 공작과 오리엘의 눈에 믿을 수 없는 광경이 펼쳐졌
다. 갑자기 호수 한복판을 가로지르며 한줄기 얼음의 길이
순식간에 만들어진 것이다.

폭이 그리 넓지는 않았지만 요즘처럼 따뜻한 날씨에 얼
음이 얼었다는 것만으로도 충분히 경이로운 일이었다.

"저게 무엇인지 어서 확인해 보아라!"

"네, 각하!"

팟!

그것을 보고 말도스가 명령을 내리자 오리엘은 조금도 망설이지 않고 곧장 얼음의 길이 닿아 있는 곳을 향해 달려갔다.

그러고는 곧 믿을 수 없다는 듯 큰 목소리로 외쳤다.

"얼음을 밟고 사, 사람이 오고 있습니다!"

"무엇이? 사람이 오고 있다고? 그게 누구더냐?"

오늘 이곳으로 올 사람은 손이 유일하다. 아무리 왕자들의 감시를 받고 있는 말도스 공작이라지만 이 일대는 모두 그가 다스리고 있다.

즉 그의 허락 없이는 그 누구도 함부로 드나들 수 없는 곳이라는 뜻이다. 그랬기에 그는 지금 얼음을 밟고 오는 사람이 손일 거라고 추측하며 얼른 물었다.

"로브를 입고 있는 게 사십대 중반쯤 되어 보이는 마법사 같습니다."

"그의 곁에 다른 사람은 보이지 않는 것… 헉! 저, 저럴 수가……!"

오리엘의 보고에 답을 하던 말도스 공작의 눈이 갑자기 커졌다. 뿐만 아니라 어찌나 놀랐는지 말까지 더듬었다.

얼음의 길 바로 옆으로 웬 청년이 물을 박차며 달려오고 있었기 때문이다.

인간이 물 위를 달려오다니 눈으로 보고 있지만 아직도 믿기지 않는 장면이다.

"허억! 사, 사람이 물 위를 달려오고 있습니다!"

"나도 보고 있다. 아무래도 우리가 기다리던 분 같구나. 방금 전 마법사도 나에게 볼일이 있는 것 같으니 어서 두 분 다 이쪽으로 모셔오너라. 아니다, 내가 마중을 나가마."

"알겠습니다!"

오리엘이 대답을 마치는 순간, 물 위를 달리던 청년이 먼저 도착했다. 그리고 바로 뒤를 이어 마법사가 땅에 발을 디뎠다.

청년은 미끈한 몸매에 인상이 좋아 보였지만 어딘가 비범함이 느껴졌으며 마법사는 넉넉함과 청수함이 물씬 풍겼다.

"숀 저하십니까?"

"그렇소."

"충! 기사 오리엘이 숀 저하를 뵈옵니다!"

"숀 저하께 불충한 신하 말도스가 인사 올립니다!"

숀이 대답을 하자마자 기사 오리엘이 얼른 한쪽 무릎을 꿇으며 인사했고, 뒤를 이어 급히 다가온 말도스도 정중하게 인사부터 올렸다.

격한 감정을 간신히 억제하고 있다는 것을 충분히 느낄

수 있는 목소리였다.

"반갑습니다. 숀입니다. 그리고 이쪽은 나의 충복이자 왕국 제일의 마법사인 멀린입니다."

"안녕하십니까, 말도스 각하!"

숀과 멀린도 정중하면서도 기품을 잃지 않는 태도로 마주 인사를 했다. 그렇게 결국 그들은 만날 수 있었다.

과연 이 만남이 앞으로 왕국에 어떤 영향을 끼치게 될지는 모른다.

하지만 한 가지 분명한 것은 두 사람이 어떤 관계를 맺느냐에 따라 왕국 전체의 운명이 뒤바뀔 수도 있다는 점이다. 좋은 쪽으로든 나쁜 쪽으로든 말이다.

'아직은 할아버지의 사람이다. 그러나 오늘 이후로는 완벽하게 나의 사람으로 만들어야 한다. 그래야 내 일이 훨씬 더 편해질 테니까. 후후, 이거 정말 기대되는 순간인걸.'

숀도 그것을 느끼고 있었기에 무슨 수를 써서라도 말도스 공작을 완전히 자기 사람으로 만들겠다고 결심하고 있었다.

2

말도스 공작은 막상 숀을 눈앞에 두게 되자 아주 약간은 실망한 눈치다.

조금 전 물 위를 달려올 수 있던 것도 마법사의 도움인 것 같았다.

그 어디를 보아도 강해 보이는 구석이 전혀 없는 데다 마나를 스캔해 본 결과가 너무 참담했다. 사실 그 자신만 해도 검술에 대한 자부심이 대단했기에 더 그런지도 몰랐다.

"과연 루카스 왕자님을 많이 닮으셨습니다. 뿐만 아니라 샤롯데 왕자비님의 아름다움까지도 고스란히 물려받으신 것 같군요."

"그거 칭찬이시죠?"

"물론입니다. 루카스 왕자님께서 왕국민에게 큰 인기를 끌었던 첫 번째 이유가 바로 외모였거든요. 특히 그분의 포근하면서도 멋진 미소는 지금까지도 그리워하고 있는 사람이 많을 정도입니다. 게다가 왕자비님이신 샤롯데 님의 미모는 당대 최고라는 찬사를 받을 정도였지요. 허허허."

어찌 보면 편견이라고 할 수도 있겠지만 눈에 직접 보이는 것에 대한 믿음이 큰 시대인지라 어쩔 수 없었다. 기왕이면 험악한 인상을 가진 왕자보다는 편안하고 너그럽게 보이는 왕자에게 인기가 쏠리는 것은 당연했다.

"아무튼 좋게 봐주시니 감사할 따름입니다."

"사실 그대로만 말씀드렸을 뿐인데 감사하다니요. 가당

치 않습니다. 참, 한 가지 궁금한 것이 있습니다만……."

"무엇이든 물어보십시오. 성의껏 대답해 드리겠습니다."

예의상 나누던 이야기는 이쯤에서 접고 본론으로 들어가자는 뜻인 듯 갑자기 말도스가 화제를 돌렸다.

숀으로서도 그리 나쁘지 않은 타이밍이었다.

"멀린 마법사님의 실력이 거의 6서클에 육박한다는 소문이 있던데 그게 사실입니까?"

"정확히 6서클 유저 급이라고 해야겠지요. 아마 우리 왕국에서는 최고의 실력자일 것입니다."

"허억! 그, 그럴 수가! 그렇다면 왕궁 마법사보다 한 수 위라는 말씀 아닙니까? 아니지. 겨우 한 수 위 정도가 아니라 비교 자체가 불가능한 실력자라고 해야겠네요."

현재 왕궁 마법사의 실력은 5서클 마스터로 알려져 있다. 하지만 아무리 마스터라고 해도 5서클과 6서클은 하늘과 땅 차이라고 할 수 있다.

말도스 공작도 휘하에 마법사들을 거느리고 있기 때문에 그 정도 상식은 있었다. 그랬기에 이처럼 크게 놀라는 것이다. 그러면서도 그의 마음 한구석에는 안도감이 숨어 있다.

6서클의 마법사라면 거의 소드 마스터 급의 능력자이다. 그런 사람이 숀의 충복이라는데 어찌 기쁘지 않겠는가. 하지만 아직은 그의 충성심을 확인해 보아야 안심이 될 것 같왔다.

"그래 봤자 제 주인님에 비하면 태양 아래 반딧불일 뿐입니다."

"멀린 마법사님의 주인이 따로 또 있는 것입니까?"

무안해서인지 멀린이 슬쩍 끼어들며 겸손하게 말하자 말도스의 표정이 금방 어두워졌다. 그가 이야기하고 있는 주인이 숀이라는 것을 아예 염두에 두지 않은 탓이다. 하긴 마나의 기운이 거의 느껴지지 않는 숀을 무려 6서클 마법사가 주인이라 칭할 리는 없었다. 최소한 상식으로 볼 때는 말이다.

숀이 공식적으로 왕손의 자리에 앉아 있다고 해도 그건 어려운 이야기일 텐데 그는 아직 떠돌이라고 해도 이상하지 않은 상황이 아니던가.

"제가 주인으로 모실 수 있는 분은 대륙을 통틀어 오로지 숀 저하뿐이십니다. 저하께서 오늘날의 저를 만드신 것이나 다름없으니까요."

"허허허, 제 귀로 듣고 있는데도 믿기 힘든 이야기입니다. 당신처럼 엄청난 능력을 가지고 있는 분이 아직은 아무것도 가지고 있지 못하고 계신 숀 저하께 그렇게까지 충성하고 있다는 점이 말입니다. 아, 그렇다고 제가 저하를 폄하하려는 것은 아니니 그 점은 절대 오해하지 말아주십시오. 세상사가 워낙 그렇다는 뜻이니까요."

말은 그럴싸하게 하고 있었지만 이건 한마디로 손이 부족한 데 비해 멀린의 능력이 너무 과하다는 말이었다.

다만 진짜로 말도스가 손을 무시해서 그러는 것이 아니라 그가 걱정돼서 그러는 것일 뿐이다. 손도 그의 그런 마음을 알기에 그다지 표정의 변화를 보이지는 않았다. 대신 오히려 멀린이 화를 벌컥 냈다.

"이것 보십시오, 말도스 공작님! 말씀을 조심하셔야겠습니다! 주인님께 비하면 나의 마법 실력은 그야말로 잔재주에 불과할 뿐입니다! 나 같은 마법사가 열 명이 있어도 당해낼 수 없는 분이거든요!"

"충성심에서 비롯된 말씀인지는 알겠지만 말씀이 너무 과하십니다. 저하께서 영특하시고 검술 실력이 상당하다는 것은 저도 들은 바가 있습니다. 그러나 6서클 마법사 열 명이 당해낼 수 없다는 것은 좀……."

6서클 마법사 열 명이면 초인으로 분류하는 소드 마스터 열 명이라는 것과도 비슷하다. 그런데도 당해낼 수 없다니 충성심의 발로라고는 하지만 말도스는 멀린의 허풍이 심해도 너무 심하다고 여겼다.

"다들 그만 하시지요. 가만히 듣고 있자니 너무 유치해서 내 얼굴이 다 뜨거워지는 것 같네요. 말도스 공작님, 오늘

나를 보자고 한 이유가 설마 멀린 마법사 때문은 아니겠
죠?"

결국 듣다 못한 슌이 나서서 한마디 했다.

중요한 이야기도 많은데 힘이 더 세니 마니 하는 이야기
로 시간을 낭비하고 있다고 여겼기 때문이다.

"이런, 죄송합니다, 저하. 물론 아닙니다. 단지 저하께서
지금 표면에 나서게 되면 얼마나 위험한지를 알려드리고
싶어서 뵙자고 한 것입니다."

"말도스 공자님께서는 나를 너무 어리게만 보고 계시는
군요. 혹은 바보로 여기던가."

"그, 그럴 리가요. 다만 저는 두 왕자님들이 더욱 첨예하
게 대립하는 이때 저하까지 나서시게 되면 그들의 표적이
될 가능성이 높다는 것을 말씀드리는 겁니다."

"지금 렌탈 남작과 크롤 백작의 군대를 누가 이끌고 있다
고 생각하십니까?"

슌은 말도스 공작의 마음을 떠보기 위해 일부러 비아냥
거리는 척했다. 그러자 공작이 크게 놀라며 안절부절못한
모습으로 급히 대답했다.

"그거야 당연히… 헉! 설, 설마 저하께서 개입하고 계신
것입니까?"

아무 생각 없이 말하던 말도스가 깜짝 놀란 표정을 지으

며 되물었다. 숀의 말투에서 뭔가를 느낀 모양이다.

"맞습니다. 그들이 여기까지 오게 된 배후에는 처음부터 내가 있었던 것이지요. 그럼 어째서 나의 정체를 감추고 있었을까요?"

"그, 그건 당연히 두 왕자님의 눈을 피하기 위해서였겠지요."

숀이 렌탈 영지군 안에 소속되어 있다는 것은 그도 최근에 수집한 정보를 통해 들을 수 있었다.

하지만 그가 설마 지금까지 있던 그들의 전쟁을 총지휘해 왔다는 것은 상상도 하지 못하고 있었다. 그러기에는 숀의 연륜이 짧아도 너무 짧다고 여긴 탓이다.

"그들의 힘이 무서워서 피했던 것은 아닙니다. 단지 그들을 죽일 것인지 아니면 그냥 적당한 선에서 응징만 할 것인지를 판단하기 위해서 그랬던 것이지요."

"그, 그럴 수가……!"

숀의 이 한마디가 던진 충격은 결코 적지 않았다.

그 누가 있어 현재 칼론 왕국 안에서 가장 강력한 힘을 가지고 있는 두 왕자를 놓고 이런 말을 할 수 있겠는가. 실질적인 실력자로 알려진 말도스 자신도 그런 자신감은 절대 없었다.

"그리고 이제 어느 정도 결심이 선 상태입니다. 그리고 그러기 위해서는 나의 동선(動線) 안에서 아직도 기생하고 있는 놈들부터 제거해야겠지요."

"그, 그건 또 무슨 말씀이신지?"

숀이 갑자기 뜬금없는 말을 꺼냈다. 그것도 등장한 이래 단 한 번도 보이지 않던 섬뜩한 얼굴로 말이다. 그래서인지 말도스 공작은 약간은 경직된 표정으로 되물었다.

"옆에 있는 분은 공작님의 호위 기사인가요?"

"그렇습니다. 벌써 제 곁을 삼십 년 이상이나 지켜준 사람입니다."

"신 오리엘이 숀 왕손님을 뵙습니다."

시선이 자신에게 향하자 오리엘이 얼른 숀을 향해 인사했다. 그 역시 갑자기 자신이 화제에 오른 것이 이상했는지 어리둥절한 모습이다. 그런데.

"내가 주변에서 기생하는 자들 이야기를 할 때 이 사람의 입꼬리가 살짝 올라가더군요. 그게 무엇을 뜻하는 것인지 혹시 공작님은 아십니까?"

"글, 글쎄요."

"그건 바로 비웃음입니다, 네까짓 게 그들의 정체를 어떻게 알아내겠느냐 하는 뜻의 비웃음 말입니다."

숀이 여기까지 말하고 오리엘을 똑바로 쳐다보자 그의 얼굴에서 식은땀이 흘러내리기 시작했다.

말도스 공작도 그것을 느끼고는 경악을 금치 못하는데 갑자기 오리엘의 몸이 무서운 속도로 허공을 갈랐다.

"죽어라!"

쎄에에엑!

동시에 그의 검이 시퍼런 오러를 뿜어내며 곧장 숀의 목을 향해 날아갔다.

Chapter 02
배신자

건들면죽는다

1

원래 기사 오리엘은 출중한 검술 실력과 충성심 때문에 말도스 공작의 호위 기사로 발탁된 사람이다. 물론 그 과정에서 이미 그에 대한 모든 정보가 수집되었고, 그것은 모두 공작에게 보고되었었다.

그에 의하면 오리엘은 어느 모로 보나 조금도 의심할 여지가 없는 사람이었다. 그랬기에 그의 기습은 그 누구도 예측할 수 없었고 더욱 위협적이었다.

"으헉!"

질끈.

특히 숀에 대해 아는 것이 별로 없는 말도스 공작은 어찌나 놀랐던지 크게 경악하며 두 눈을 질끈 감고 말았다.

"……."

"……."

그리고 그의 예상대로라면 곧바로 칼이 사람을 베는 소리와 처절한 비명 소리가 들려와야 했지만 어찌 된 영문인지 사방은 고요하기만 했다.

그것이 말도스 공작의 호기심을 더욱 크게 자극했다. 뭐가 어떻게 돌아가고 있는지 너무나 궁금했다.

"허억! 이, 이게 대체 어떻게 된 일……."

슬며시 눈을 뜬 말도스는 이번에는 헛바람을 집어삼켰다. 방금 숀의 목을 베려던 오리엘이 그 자세 그대로 굳어 있었기 때문이다.

한 손으로는 검을 쭉 뻗고 있고 한쪽 다리는 들려 있는 매우 불편해 보이는 자세였다.

"이자가 나를 너무 우습게 본 것 같네요. 어떻습니까, 공작님?"

"뭐, 뭐가 말입니까?"

그런 상태에서 숀이 갑자기 자신을 부르자 말도스가 당황하며 얼른 되물었다.

"이자를 손봐줘야 할 것 같은데 괜찮겠습니까?"

"아, 당연히 그래야겠지요. 그런데 왕손 저하, 제가 우선 저자에게 몇 가지만 먼저 물어보면 안 될까요? 저는 아직도 오리엘이 왜 이런 짓을 저질렀는지 이해할 수가 없거든요. 그가 저를 보필해 온 지도 벌써 근 삼십 년이거늘, 휴우."

이런 비밀스러운 자리에까지 데리고 올 정도면 거의 형제 이상이라고 할 수 있었다.

그만큼 믿었기에 오늘 말도스는 오리엘에게 손에 관한 이야기까지 해주었던 것이다. 극비 중의 극비인데도 알려줄 정도였으니 그에 대한 믿음이 얼마나 깊었겠는가.

긴 한숨이 나올 만한 상황이다.

"좋습니다. 그럼 잠깐 이자에게 금제를 가해놓아야겠군요. 잠깐이면 끝나니 기다려주세요."

"알겠습니다."

말도스의 대답을 듣자마자 손은 짚어둔 오리엘의 마혈은 그대로 놔둔 채 아혈만 풀어주었다.

아무리 발버둥을 치고 머리를 굴려 봐도 굳어 있는 자신의 몸을 풀 수 없자 오리엘은 크게 당황했다. 그렇다고 기사 체면에 발광을 할 수도 없어 그는 이를 앙다물며 손에게 물었다.

"대체 나에게 무슨 짓을 한 것이오?"

"보자마자 검을 들고 설쳐대는 사람이라 움직임을 제어

해 놓은 것뿐이야. 그대로 두면 결국 죽을 수도 있지. 그러니 살고 싶으면 지금부터 하는 모든 질문에 솔직하게 대답하는 게 좋을 거야. 그럼 시작하시지요, 공작님. 저는 잠시 자리를 피해드리겠습니다."

"배려 감사합니다, 저하."

"별말씀을요. 이야기가 끝나면 다시 불러주십시오. 그럼."

말을 마치자마자 숀은 멀린에게 눈짓을 보내더니 함께 호수 쪽으로 한참을 걸어갔다. 아예 멀리 떨어져서 두 사람이 무슨 이야기를 나누는지 엿듣기 위해서다.

"저들만 두어도 괜찮겠습니까? 혹시 말도스 공작의 지시였을 가능성도 있을 것 같은데……."

"나도 그게 궁금해서 일부러 여기까지 온 거야. 이제부터 둘이 무슨 대화를 나누는지 한번 들어보자고."

"족히 삼백 미터 이상은 온 것 같은데, 어떻게 들을 수 있습니까?"

말도스 공작과 기사 오리엘이 있는 곳에서 눈으로 보이지 않는 이곳까지의 거리는 상당했다.

호수 위의 섬은 온통 나무 하나 구경하기 힘들 만큼 삭막한 평지여서 멀린의 말처럼 최소한 삼백 미터 이상은 떨어져야 서로의 모습을 볼 수 없었다. 어쩌면 말도스는 섬의 이런 구조 때문에 일부러 이곳을 은밀한 만남의 장소로 잡은 것인지도 몰랐다.

"마법으로 들을 수 없어?"

"매직 이어(magic ear)라는 마법으로 약 이백 미터 내의 대화는 들을 수 있습니다만 이곳은 그 이상의 거리인 데다가 대화 당사자들이 보이지 않아 아무 소용이 없습니다. 마법 사용이 가능한 거리라고 해도 눈에 보이지 않으면 들을 수가 없는 단점이 있거든요."

사람이 평범한 목소리로 대화하는 것을 알아들을 수 있는 최대 거리는 약 40미터 안팎이라고 한다. 그런데 마법으로는 그 다섯 배의 거리까지 늘릴 수 있는 모양이다.

그러나 이곳은 말도스가 있는 곳에서 삼백 미터 이상 떨어져 있다. 앞의 이유가 아니더라도 어차피 마법으로 듣기는 불가능한 거리라는 뜻이다.

"허어, 아무튼 그 마법이라는 것은 편한 것 같으면서도 막상 쓰려고 하면 그다지 큰 쓸모는 없군그래. 쯧쯧."

"이 세상에서 마법을 두고 그렇게 말하는 사람은 주군이 유일할 것입니다. 그런데도 반박할 수조차 없지만 말입니다. 정말 저 먼 거리에서 이야기하는 소리가 들리십니까?"

"쉿."

"……."

멀린의 질문에 숀은 대답 대신 손가락을 입술에 가져다 대며 조용히 하라는 표시를 했다. 그건 곧 자신은 벌써 말도스 공작과 오리엘의 이야기를 듣고 있다는 뜻이나 마찬가지였다.

"그나마 다행이로군. 공작은 그자의 기습을 전혀 모르고 있던 것 같으니 말이야."

"아……."

궁금해하는 멀린을 위해서인지 숀은 일부러 둘의 대화 내용을 슬쩍 흘려주었다.

"역시 한 사람이 수십 년 동안 누군가에게 충성을 바치다가 갑자기 배신하는 것에는 다 이유가 있겠지?"

"그건 또 무슨 말씀이십니까?"

"아직 정확한 이유는 잘 모르겠지만 오리엘이라는 자의 딸이 둘째 왕자 측에 잡혀 있는 모양이야. 그걸 빌미로 공을 세우라고 했다는군."

"그렇다고 주군을 죽이려고 했다는 말입니까? 저런 처죽일 놈이!"

갑자기 멀린이 흥분해서 언성을 높였다.

자신이 하늘처럼 떠받들고 있는 숀을 공을 세우는 목표물로 삼았다는 사실에 크게 화가 난 모양이다.

"하지만 오리엘 본인을 위해 한 가지 다행스러운 점도 있군그래."

"그게 뭡니까?"

"아직 둘째 왕자에게 나의 존재를 미리 보고하지 않았거든. 나를 죽이고 나서 증거가 될 만한 것을 챙긴 다음 이곳을 탈출해서 둘째 왕자에게 갈 생각이었던 것 같아. 그게 저자의 목숨은 물론 딸까지 찾을 수 있는 기회가 된 것이지."

"그, 그럼 저자의 딸까지 구해주실 생각이십니까?"

숀의 말에 멀린이 깜짝 놀라며 물었다.

자신을 죽이려고 한 원수를 살려주는 것만 해도 엄청난 은혜일 텐데 딸까지 구해주려 하다니 선뜻 이해할 수 있는 이야기가 아니었다.

"저런 사람에게 은혜를 베풀 게 되면 그 보답은 의외로 큰 법이지. 그리고 무엇보다 죄 없는 딸이 붙잡혀 있잖아."

"가끔 어떨 때 보면 주군께서는 정말 성자 같으실 때가 있습니다. 몹시도 무서운 성자이기는 하겠지만요."

이제 멀린이 숀을 알게 된 지도 벌써 이 년이 다 되어가고 있었다.

그동안 별별 일이 많아서 그런지 알아온 시간이 그리 길지 않은데도 그는 숀에 대해 상당히 많은 부분을 알게 되었다.

"성자라……. 예전에 나를 알던 사람들이 들으면 입에 거품을 물고 쓰러지겠군. 하지만 그리 듣기 싫은 소리는 아니네. 아무튼 이제 가보자. 대충 이야기가 끝난 것 같으니."

"알겠습니다!"

이렇게 말하며 숀이 앞장서자 멀린은 부랴부랴 그 뒤를 따라나섰다.

"때맞게 오셨군요. 제 이야기는 대충 끝난 것 같습니다."

"그럼 이제부터 제 차례이군요."

우두둑!

두 사람이 나타나자 오리엘과 이야기를 나누고 있던 말도스가 다가와 말했다.

그러자 숀은 양손을 마주 잡고 이상한 소리를 내면서 오리엘에게 다가갔다. 한눈에 보기에도 그를 가만두지 않겠다는 위협적인 모습이다.

그래서인지 말도스가 안타까운 표정을 지으며 조심스럽게 물었다.

"저기… 저하."

"네, 말씀하세요."

"그를… 죽이실 겁니까?"

"누가 뭐라고 해도 나는 분명 이 나라의 왕손입니다. 그것을 알면서도 죽이려고 했다는 것은 반역이라고 할 수 있지요. 그가 내 마음에 드는 흡족한 대답을 한다면 모를까 그렇지 않으면……."

아직 공식적으로 인정받은 것은 아니지만 어쨌든 숀은 왕손이다. 그런 그를 죽이려 했으니 그것만으로도 삼족이 죽어 마땅한 일이다. 숀은 그 점을 분명히 했지만 그나마 희박하기는 해도 약간은 희망의 끈은 남겨놓고 있었다. 그리고 그건 분명 오리엘만을 위한 포석이 아니었다.

2

"둘째 왕자에게 나에 대한 이야기를 하지 않은 것이 그대의 목숨을 살렸다. 입이 무거운 것은 좋은 일이지."

"……"

숀은 앞으로 천천히 나서더니 대뜸 운을 떼었다. 그러자 오리엘이 입을 꾹 다문 채 놀란 눈빛으로 그런 그를 올려다 보았다.

"하지만 때로는 꼭 말을 해야 할 때도 있는 법이다. 바로 지금처럼 말이야."

"……."

여전히 오리엘은 침묵을 지켰다. 그러나 숀은 상관없다는 듯 계속 말을 이어갔다.

"조금 전 슬쩍 엿들어보니 딸이 잡혀 있다고 하더군."

"헉! 그, 그것을 어떻게⋯⋯!"

이번에는 말도스 공작이 헛바람을 집어삼키며 끼어들었다. 그 먼 거리에서 두 사람의 대화를 듣는다는 것은 절대 불가능했기 때문이다. 그것은 오리엘도 알기에 그의 눈도 진작 커진 상태다.

"이야기가 끝날 때까지 공작님께서는 잠시만 빠져주시지요. 궁금한 것은 나중에 대답해드리겠습니다."

"아, 네. 죄송합니다, 저하. 계속하시지요."

그 한마디에 말도스는 뒤로 한발 물러서고 말았다. 하긴 지금은 손이 어떤 능력을 가지고 있는지보다 오리엘의 대답이 더 중요했다.

"다시 묻지. 딸을 구하고 싶나?"

"그, 그야 당연한 것 아니겠습니까?"

처음으로 오리엘이 손을 향해 입을 열었다. 그 한마디에서도 그가 얼마나 딸을 사랑하는지 느껴질 정도이다.

"그렇다면 지금부터 나와 거래를 한번 터보지. 그리 어려운 거래는 아니야. 지금부터 내가 하는 질문에 성심성의껏 대답만 하면 되거든. 어때? 해보겠어?"

"딸을 구해만 주신다면 무슨 짓이든 하겠습니다. 제발⋯ 제 딸을 구해주십시오, 저하! 흐흐흑!"

중년의 기사는 결국 오열을 터뜨리고 말았다. 그 모습을 보며 숀은 그가 그리 나쁜 사람은 아님을 확신할 수 있었다.

'딸에 대한 애정이 이 정도라면 믿어도 될 것 같군. 그녀를 구해주기만 하면 확실한 충성을 받을 수 있겠어. 후후.'

남아 선호 사상이 뿌리 깊은 대륙이다. 때문에 딸들은 아버지들에게 큰 사랑을 받기 힘들다. 그러나 오리엘은 확실히 달랐다. 마치 렌탈 남작이 파비앙을 끔찍이 위하듯 그역시 그런 것 같았다. 그게 숀의 마음을 더욱 크게 움직이도록 영향을 끼쳤다.

"좋아, 그럼 우선 딸이 어디에 잡혀 있는지는 알고 있는 것인가?"

"아마 둘째 왕자님의 거처 근처에 있을 것입니다. 딸아이를… 욕심내고 있는 것 같았거든요."

"딸이 몇 살인데?"

둘째 왕자는 숀의 작은 아버지라고 할 수 있다. 게다가 그의 나이는 벌써 사십이 넘은 지 오래이다. 그래서인지 숀은 갑자기 딸의 나이가 궁금해졌다.

"올해 열여섯 살입니다. 아직 아무것도 모르는 철부지죠."

"네? 겨우 열여섯 살이라고요?"

"그렇습니다."

열여섯 살이면 파비앙과 동갑이다. 둘째 왕자의 입장에서 보면 딸 정도밖에 안 되는 나이다.

"으음, 아무래도 그녀부터 구해주어야겠군. 말도스 공작님."

"네, 말씀하십시오, 저하."

"공작께 지금 가장 시급한 일은 무엇입니까?"

"시, 시급한 일이요?"

숀이 갑자기 말도스를 부르더니 뜬금없는 질문을 던졌다. 그의 입장에서는 당황스러운 일이다.

"네. 가장 먼저 처리해야 할 일을 말씀해 보십시오. 지금 공작님을 감시하고 있는 자들을 제거하는 일입니까, 아니면 또 다른 문제가 있습니까?"

"저를 감시하고 있는 자들을 없애고 싶은 마음은 굴뚝같습니다만 그랬다가는 왕자들이 저를 의심할 게 분명합니다. 아직은 제가 그들에게 약점을 보일 시기는 아닌지라 그건 좀 곤란하군요."

그나마 말도스가 교묘하게 힘의 균형을 잡아왔기에 그나마 왕국이 지금까지 무사할 수 있었다. 숀도 이쯤에서는 그것을 어느 정도 느낄 수 있었다. 그랬기에 그의 고충도 이해할 만했다.

"만일 그들이 전혀 눈치채지 못하게 없애 버린다면 어떻 겠습니까?"

"없애 버리는 것이 문제가 아니라 왕자들이 저에 대한 경 계심을 갖게 되는 것이 더 큰 문제입니다. 그들 중 하나라 도 사라지면 첫째 왕자는 저의 충성심을 의심할 것이고 둘 째 왕자는 제 능력이 너무 과하다고 여길 테니까요. 어느 쪽이든 좋지 않습니다."

말도스가 능력이 없어서 첩자들을 그냥 둔 채 그들의 눈 치를 보며 사는 게 아니라는 이야기다. 단지 그들의 배후에 있는 왕자들 때문에 어쩔 수 없이 참고 있을 뿐이었다.

표면적으로 그는 첫째 왕자의 사람이었지만 그쪽에서도 첩자를 심어둔 것을 보면 아직 완벽한 신임은 얻지 못하고 있는 것 같았다.

어쨌든 이런저런 사정으로 인해 첩자들을 제거하기는 힘 들 것처럼 보였다.

"왕자들이 두려워서 참고 있지만 첩자들의 감시가 사라 졌으면 하는 바람을 가지고 있는 것은 사실이군요."

"그야 당연하지요."

다른 사람의 관찰 대상이 되는 것이 기분 좋을 사람은 없 다.

특히 그것을 알면서도 참아야 하는 말도스의 입장은 더

욱 그랬다. 게다가 그는 그런 고초 속에서도 손의 아버지 루카스에 대한 충성심을 버리지 않고 있었기에 몇 배로 더 힘들었을 터였다.

"좋습니다. 내가 그 고민을 말끔하게 해소시켜 드리지요. 대신 공작님께서는 무조건 제 말대로 움직여 주셔야 합니다."

"이미 오래전부터 국왕 폐하와 루카스 왕자님께 충성을 맹세한 몸입니다. 그랬기에 손 저하에 관한 이야기를 듣는 순간부터 무조건 따를 생각이었습니다. 제가 할 수 있는 일이라면 무엇이든 명령만 내려주십시오. 견마지로(犬馬之勞)를 다하겠습니다."

말도스의 입에서 손이 가장 듣고 싶던 이야기가 흘러나왔다. 역시 그는 충신이었던 것이다.

"너무 그렇게 거창하게 나오실 필요는 없습니다. 공작님께서는 평소대로만 하면 될 테니까요. 단지 조금 달라지는 것이 있다면 그건 바로 우리와의 긴밀한 유대 관계 정도일 것입니다. 두 왕자를 따로 분리시켜서 고립시킨 다음 세력을 잃게 만들려면 아무래도 공작님의 도움이 필요할 테니까요."

"아, 그럼 역시 저하께서는… 복수를 계획하고 계시는 것입니까?"

손의 말에 대꾸하던 말도스가 잠시 오리엘을 쳐다보다가 다시 말을 이어갔다.

이처럼 중요한 내용을 그의 앞에서 논의해도 될지 고민한 모양이다.

하지만 그는 지난 삼십 년 동안 그와 지내온 시간을 믿었다.

아무리 딸 때문에 이성을 잃었다고는 해도 자신을 진심으로 망하게 할 사람은 아니라는 확신을 가지고 있는 것이다. 그리고 그런 그의 판단은 옳았다.

"이런, 복수라니요. 그런 표현은 그리 어울리는 것 같지 않네요. 복수라는 것은 적보다 약하거나 그와 비슷한 자들이 쓰는 말이거든요."

"그럼 무엇이라고 해야 합니까?"

손의 말에 말도스는 고개를 살짝 갸우뚱하며 물었다.

그는 손이 두 왕자에게 아버지와 어머니에 대한 묵은 원한을 갚으려고 한다고 여겨왔기 때문이다.

"응징이지요. 감히 나의 부모님을 죽이려 했으니 당연한 일입니다."

"그, 그렇군요. 무슨 말씀이신지 충분히 알 것 같습니다."

복수와 응징은 확실히 다르다.

복수가 비슷한 힘을 가졌을 경우에 쓰는 말이라면 응징은 상대보다 훨씬 강한 힘을 가졌을 때나 쓸 수 있는 말이다.

솔직히 말도스는 아직 손의 능력을 그렇게까지 높게 보고 있지는 않았다. 하지만 일단은 수긍해 주었다. 왕손의 말에 대놓고 반박하기는 곤란했기 때문이다.

"두고 보십시오. 어째서 내가 응징이라고 한 것인지 곧 알게 될 것입니다. 그리고 그때가 되면 그들도 크게 후회할 것입니다."

"신 말도스, 미력하나마 저하의 뜻에 반드시 동참하겠나이다."

"감사한 말씀입니다. 자, 그럼 우리는 이만 가보겠습니다. 멀린 마법사, 준비하게."

"네, 주군!"

한참을 이야기하던 손이 갑자기 서둘렀다.

처리해야 할 일부터 처리를 해야 좀 더 구체적인 작전을 세울 수 있을 테니 계속 이곳에만 있을 수도 없는 노릇이었기 때문이다.

"벌써 가시려고요?"

"오리엘 기사의 딸 문제를 해결해 주려면 먼저 쥐새끼들부터 청소해야 할 것 아닙니까?"

"쥐, 쥐새끼요? 아! 그렇군요. 그놈들이 있으면 오리엘 기사의 행동이 조금만 이상해도 딸에게 해코지를 할 수도 있을 테니까요."

"바로 그겁니다. 그럼 놈들을 처리한 다음 다시 찾아오겠습니다. 어차피 공작님의 저택 안에 있을 테니까요. 하하하! 자, 가자!"

"아이스 스피어!"

좌좌좌좍!

팟팟팟!

손이 웃으며 멀린을 향해 한마디 하자 또다시 호수 위로 크고 긴 얼음의 다리가 만들어졌다. 그러나 손은 그것은 거들떠보지도 않은 채 물을 박차고 순식간에 사라져 갔다.

"저, 저럴 수가……."

"맙소사!"

두 사람의 탄성을 뒤로 한 채 말이다.

Chapter 03

뛰는 놈 위의 나는 놈

건들면죽는다

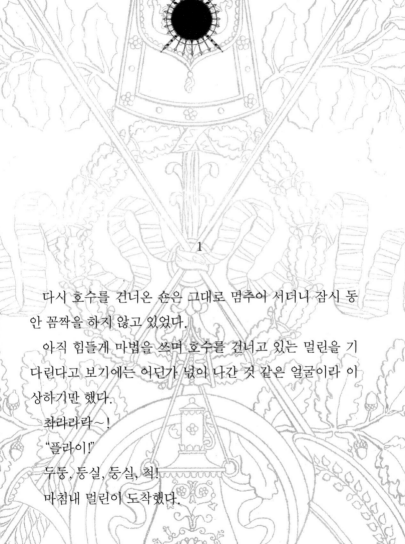

1

　다시 호수를 건너온 손은 그대로 멈추어 서더니 잠시 동
안 꼼짝을 하지 않고 있었다.

　아직 힘들게 마법을 쓰며 호수를 건너고 있는 멀린을 기
다린다고 보기에는 어딘가 넋이 나간 것 같은 얼굴이라 이
상하기만 했다.

　촤라라락~!

　"플라이!"

　두둥, 둥실, 둥실, 척!

　마침내 멀린이 도착했다.

그는 마법으로 만든 길이 사라지기 직전 플라이 마법을 펼쳐 허공을 날아서 뭍에 내려섰다. 연이은 마나 소모 때문인지 꽤나 지친 표정이다.

"저기… 주군, 지금 무엇을 하고 계신 것입니까? 이제 곧 가야 할 것 같은데요?"

"쉿! 조용히 하고 잠시만."

물가에 도착해서 발견한 손의 모습이 이상해 보이자 멀린은 은근슬쩍 질문을 던졌다. 그러나 손은 손가락까지 들어 올려 입술에 대며 그의 입을 다물게 했다.

"……."

"……."

그렇게 약 오 분 정도의 시간이 흘러갔다.

오 분은 그리 긴 시간이 아니었지만 지금처럼 꼼짝도 못한 채 입을 다물고 있으면 지독히도 길게 느껴진다. 지금 멀린이 딱 그랬다.

'갑자기 또 왜 그러시는 거지? 이곳에 뭔가 또 다른 볼일이 생각나신 것일까? 아까 듣자 하니 말도스 공작 측근에 있는 스파이도 정리해야 하고 오리엘인지 하는 기사의 딸도 구해내려면 한시가 급할 텐데… 거참, 아무튼 주군의 생각은 알다가도 모르겠다니까.'

그 시간 동안 멀린은 이리저리 잔머리를 굴려보았다. 하지만 아무리 생각해 보아도 어째서 손이 이 자리에 석상처럼 굳은 채 서 있는 것인지 알 도리가 없었다.

그런데 그때.

"드디어 찾았군! 그런 곳에 숨어 있으니 쉽게 찾기가 힘들지. 쯧."

"어이쿠, 깜짝이야! 주군, 무엇을 찾았다는 말씀입니까?"

내내 침묵하던 손이 갑자기 소리치는 바람에 멀린은 크게 놀랐다. 그렇지만 바로 정신을 추스르며 잽싸게 질문부터 했다. 놀람보다 호기심이 더 컸다.

"그건 곧 알게 될 것이니 신경 쓰지 말고 어서 팔목이나 이리 내. 빨리 움직여야 하거든."

"팔목을요? 하, 하지만 저는 아직 준비가 안 되었는데……."

손과 함께 이동하려면 실드부터 각종 마법으로 자신을 보호해야 한다. 그렇지 않으면 또다시 볼썽사납게 비명을 지르며 벌벌 떨어야 할 게 뻔했다. 그것을 알기에 멀린은 더듬거리며 간신히 대꾸했다. 그러나.

스윽.

"지금 반항하겠다는 것인가?"

도리도리.

"그, 그럴 리가요. 어서 가시죠."

손이 그저 슬쩍 한번 쳐다본 것만으로도 멀린은 저항을 포기했다. 그리고 곧 두 사람은 쏜살처럼 허공을 가로질러 갔다.

"끄아아아악~! 사람 살려~!"

"어허! 조용히 좀 해라! 귀청 떨어지겠네!"

그렇게 엄청난 비명과 호통이 이어졌지만 안타깝게도 그 소리는 모두 손에 의해 차단되고 있었다.

슈욱~ 척!

"끄르륵. 여, 여기가 어디입니까?"

"바쁘니까 자꾸 떠들 생각만 하지 말고 먼저 정신이나 차리라고. 내가 도와줄 테니."

콕콕.

말과 함께 손이 멀린의 혈도 몇 곳을 찔러주자 그는 금방 혼미하던 정신이 돌아오며 마음이 안정되는 것을 느낄 수 있었다.

그동안 수차례 겪어본 일이지만 매번 경이롭기만 한 수법이었다.

"감사합니다, 주군. 이제야 정신이 돌아오네요."

"그럼 저기 보이는 녀석을 좀 골려주자고."

"누구요? 헛! 이, 이렇게 가까운 곳에 사람이 있었다니……."

주변을 살펴보고 나서야 멀린은 자신과 숀이 반대편 호숫가에 도착했다는 것을 알 수 있었다. 게다가 더욱 놀라운 일은 두 사람이 있는 곳에서 불과 십여 미터 정도밖에 떨어지지 않은 곳에 검은 복면의 사내가 숨어 있다는 점이다.

그는 두 사람이 자신의 뒤통수를 쳐다보고 있다는 것을 모른 채 망원경으로 호수 중앙에 있는 섬만 주시하고 있었다. 숀과 멀린이 방금 떠난 바로 그 섬을 말이다.

[저자는 우리의 등장을 아직 눈치채지 못한 모양이네요.]

[당연하지. 내가 이곳으로 오기 전부터 모든 소리를 차단하고 있었거든.]

멀린은 매직 보이스(magic voice)를 이용해 숀에게만 들리게 말했다. 그러자 숀도 혜광심어로 대답했다.

[아, 역시 그러셨군요. 그런데 저자는 누구입니까?]

[누구긴… 말도스 공작의 뒤만 졸졸 따라다니는 꼬리표지. 내가 일부러 공작에게 조금 늦게 섬을 벗어나라고 했거든. 그 덕분에 시간을 좀 벌어놓은 거야.]

숀이 하는 일은 항상 놀라운 일들뿐이다. 그것을 알고 있는 멀린인지라 그는 이제 그가 무슨 기적을 행하든 그대로 받아들일 수 있었다. 그랬기에 지금도 놀라움은 뒤로 던져

버린 채 호기심에만 집중할 수 있었다.

[아하, 저자가 우리를 본 사실을 자신의 보스에게 보고할 시간을 지연시켰다는 말씀이죠?]

[이제 자네도 제법 똑똑해졌는걸. 거기까지 유추해 내는 것을 보니 말이야. 맞아. 그리고 이제부터 우리는 저자가 전혀 다른 보고를 하도록 만들어야 해. 무슨 말인지 알겠지?]

스파이로 보이는 저자가 이 자리에서 내내 망원경으로 섬을 보고 있었다면 두 사람의 모습도 본 것이 분명하다.

그나마 다행이라면 대화 내용은 들을 수 없다는 것과 두 사람이 엄청 특이한 방법으로 섬에 도착한 것은 아직 모른다는 점이다. 하긴 손이 그의 존재를 알고 있는 이상 그것까지 안다고 해서 달라질 것은 없겠지만 말이다.

[물론입니다. 그럼 일단 저자를 제압할까요?]

[그렇게 해봐. 대신 아주 은밀하게 해야 할 텐데, 자신은 있는 거야?]

저자를 단순히 없애 버리는 것 같으면 일이 간단하다. 그러나 보아하니 손은 그를 죽이는 것보다는 살려둔 채 다른 방법을 써서 이용하는 쪽으로 생각하는 것 같았다.

그의 한마디에 그 점을 느낀 멀린은 아주 잠깐이나마 생각에 잠겼다. 이윽고,

[최근 새롭게 익힌 마법 가운데 프로즌 패터라는 마법이 있습니다. 순식간에 상대방에게 얼음의 족쇄를 채워서 꼼짝도 못하게 하는 마법이지요. 그거면 되지 않을까요?]

　[흐음, 그럴 것 같군. 그럼 어디 그것으로 저자를 잡아보도록.]

　[알겠습니다. 찬 대지의 제왕이시여! 당신의 힘으로 적을 얼려주소서! 메 토레아 민트 우에슨 타히야!]

　"프로즌 패터~!"

　팟~!

　"으헉!"

　주문은 매직 보이스로 읊더니 마법의 발동어는 육성으로 내뱉었다. 그러자 눈에 잘 보이지 않는 투명한 무언가가 멀린의 손을 통해 쏘아져 나가더니 순식간에 망원경을 들고 있는 사내의 팔과 다리를 묶어버렸다.

　그러나 몸까지 완전히 얼어버린 것은 아닌지 사내는 두 눈을 크게 부릅뜨며 비명을 토해냈다.

　멀린이 원래의 프로즌 패터를 조금 더 발전시켜 포박만 할 수 있도록 시전했기에 가능한 일이다. 그렇지 않았다면 사내는 아예 온몸이 꽁꽁 얼어버리고 말았을 것이다.

　"제법이군. 잘했어."

　"감사합니다, 주군."

그것을 손도 눈치챘는지 평소 안 하던 칭찬을 다 해주었다.

그로 인해 멀린은 감격스러운 목소리로 얼른 감사의 인사부터 했다. 모처럼 6서클 마법사가 된 보람이 느껴지는 순간이다.

"당, 당신들 뭐야?"

"어허! 사람을 앞에 두고 뭐냐니, 크게 혼이 나야 할 놈이로군."

"그러게 말입니다. 네 녀석이 뜨거운 맛도 보고 싶은 모양이로구나. 감히 나의 주군께 무례한 말을 지껄이다니 입만 살아남을 정도로만 지져줄까? 이렇게 말이야, 파이어 볼!"

부우웅~ 콰지지직! 화르르륵!

멀린이 주문과 함께 오른손을 슬쩍 털어내자 무시무시한 불덩어리가 그곳을 통해 나타나더니 약 오십 미터쯤 떨어진 곳에 서 있는 커다란 나무를 박살 냈다.

순간 나무는 퍼런 불꽃에 휩싸이는 듯싶더니 금방 재로 변하며 바람에 모두 날려가 버렸다. 눈으로 보았음에도 믿을 수 없는 소름 끼치는 화력이다.

"으으, 대, 대체 제게 무엇을 원하시는 겁니까?"

"특별히 원하는 것은 없어. 다만 오늘 본 것만 머릿속에서 지우면 되거든. 어때? 그 정도면 불만 없겠지?"

겁을 잔뜩 먹은 사내를 향해 또다시 손이 나서서 말했다. 마치 오랜 친구를 대하듯 상냥하고 자상한 말투였다. 그게 사내의 공포심을 더욱 크게 만들었다.

그런 상태에서 머릿속을 지우라니 미치고 팔짝 뛸 이야기다.

"머릿속을 어떻게 지운다는 말입니까?"

"지울 생각이 있는지 없는지만 말해. 지우는 것에 자네도 동의하는 거지?"

"네! 그, 그렇게 하겠습니다!"

아니라고 했다가는 죽을지도 모른다는 공포가 사내를 지배해 무조건 고개를 끄덕일 수밖에 없었다.

"좋아, 그럼 시작하지. 다시 말하지만 이건 자네가 원해서 취하는 조치이니 그걸 잊지 말라고."

툭!

털썩!

울며 겨자 먹기로 사내의 대답이 떨어지자마자 손은 매우 환하게 웃으며 그의 백회혈을 가볍게 쳤다. 그러고는 뒤를 이어 머리 이곳저곳에 숨어 있는 혈도를 현란한 손동작으로 쳐대기 시작했다.

그런데 이 일은 이번 한 번뿐이 아니었다. 손은 그 사내에게 뭔 짓인가를 저질러 놓고 또다시 멀린을 끌고 허공을 날아가더니 그 사내와 비슷한 자 한 명을 더 괴롭혔다.

그들은 모두 각각 일왕자와 이왕자의 첩자들이었다.

2

말도스 공작의 성 안에는 수많은 사람이 살고 있다. 그 안에서 첩자를 찾아내는 것은 절대 쉬운 일이 아니었다. 물론 일반 사람들에게 해당되는 말이다.

"저기… 주군, 그냥 이렇게 시간을 보내도 괜찮겠습니까?"

"왜, 술 마시기 싫어?"

"그, 그건 아니지만 말입니다."

말도스와 헤어진 후 곧장 그의 성 안으로 침투한 손과 멀린은 해가 뉘엿뉘엿 지는 시간에 술집으로 들어가서는 벌써 몇 시간째 부어라 마셔라 하고 있었다. 마치 한량이라도 되는 듯이 말이다.

오죽했으면 술이라면 자다가도 벌떡 일어나는 멀린이 걱정스러운 얼굴로 이런 말을 다 했겠는가.

"그럼 그냥 조용히 술이나 마시고 있어. 조금 있으면 밤이슬을 맞으며 돌아다녀야 할 것이 뻔하니 미리 몸을 데워

놓으라고. 괜히 이따가 후회하지 말고."

"아, 무슨 말씀이신지 알겠습니다. 그럼 지금부터 더욱 편히 마시겠습니다. 주군께서도 한잔하십시오."

이즈음 멀린에게 있어서 숀의 존재는 거의 신과 동급이었다. 그런 그가 이렇게 말한다는 것은 이미 뭔가 복안이서 있다는 뜻이다. 그것을 알게 되었는데도 술을 마다할 이유는 없었다.

그렇게 두 사람은 이후에도 두 시간이나 더 마셨다.

"저기 손님……."

"왜 그러나?"

"죄송하지만 곧 영업시간이 끝나는뎁쇼. 아시다시피 이제 삼십분 후면 통금 시간입니다요."

결국 술집 종업원이 조심스럽게 다가와 그들에게 말했다. 비록 대충 앉아서 술을 마시고 있기는 하지만 워낙 숀과 멀린의 몸에서 범접하기 힘든 기세가 느껴지니 더욱 조심하는 것 같았다.

"그렇지 않아도 가려던 참이다. 자, 받아라."

"헉! 이, 이렇게 많은 돈은 필요 없습니다. 다 합쳐도 고작 17실버밖에 안 됩니다요."

"됐다. 나머지는 팁이다."

"헉! 감, 감사합니다, 나리!"

손이 종업원에게 던져준 금액은 1골드였다. 팁이 무려 83실버나 된다는 뜻이다. 그 돈은 종업원의 한 달 월급보다도 많았다. 그러니 얼마나 고마웠겠는가.

아무튼 손과 멀린은 자신들의 모습이 보이지 않을 때까지 굽실거리며 인사하는 종업원을 뒤로한 채 느긋하게 사라져 갔다.

"이제 어디로 가십니까?"

"대충 시간이 되었으니 지금부터는 놈들을 찾으러 가야겠지."

"놈들이 어쌔신도 아닌데, 밤에만 활동할까요?"

손의 말에 멀린은 의아하다는 듯 물었다. 자신의 주군이 무엇을 근거로 이처럼 자신 있게 말하는지 이해하지 못한 탓이다.

"이상하게 사람들은 말이지, 은밀한 일을 도모할 때는 꼭 밤에 모이게 마련이거든. 특히 공작쯤 되면 밤에 이루어지는 일이 더욱 많은 법이야. 그것도 모르고 첩자 노릇을 할 녀석은 없을걸."

"아, 듣고 보니 정말 그렇군요. 저도 밤 그림자 사람들과 중요한 일을 논의할 때는 꼭 밤에 만나곤 했으니까요. 하긴 백주에는 돌아다니는 사람도 많고 보는 사람도 많으니 아무래도 껄끄럽겠네요."

누구나 생각할 수 있는 일이지만 막상 이럴 때 적용시키기는 그리 쉽지 않다. 만에 하나라도 그렇지 않을 경우가 있을 것이라는 막연한 생각을 할 수 있기 때문이다.

하지만 숀은 확신하고 있었고, 멀린도 더 깊이 생각해 본 결과 그것이 옳다는 것을 깨달을 수 있었다.

"저쪽에 서 있는 망루 보이나?"

"아, 동쪽 성벽 앞에 서 있는 것 말씀입니까?"

숀의 손끝이 가리키는 곳에는 족히 십오 미터 이상은 될 것 같은 높은 망루가 달빛 아래 우뚝 서 있다.

"그래, 맞아. 어때? 단번에 저 위로 올라갈 수 있겠나?"

"충분히 가능합니다. 플라이 마법이 있으니까요. 하지만 저 안에 경비병들이 있을 텐데 괜찮을까요?"

망루에는 분명 수시로 밖의 상황을 살펴보는 병사들이 있을 터였다.

물론 숀과 멀린은 말도스 공작과 적대 관계가 아니기 때문에 걸린다고 해도 크게 문제될 일은 없었다. 단지 그게 밝혀질 때까지는 제법 큰 소란이 벌어질 터라 멀린은 우려를 나타냈다.

"내가 먼저 올라가서 정리해 줄 테니 신호하면 그때 올라와. 알겠지?"

"네, 알겠습니다."

픽~!

멀린이 대답을 하자마자 숀의 모습이 그 자리에서 그냥 꺼져 버렸다. 바로 코앞에서 보고 있는데도 대체 어디로 사라진 것인지 알 도리가 없을 정도이다.

"휴우, 아무튼 대단한 분이라니까."

하지만 멀린은 본능적으로 망루 쪽을 바라보았고, 그곳을 휘젓기 시작한 숀의 그림자를 발견할 수 있었다.

삐익~!

그렇게 약 십 초 정도가 지났을 즈음 망루 위에서 숀의 신호가 왔다.

"레비테이션(Levitation)!"

둥실~!

그러자 미리 준비하고 있던 멀린도 마법을 시전해 몸을 허공으로 떠워 올리더니 서서히 망루 쪽으로 향했다.

6서클이 되어야만 쓸 수 있다는 레비테이션 마법이다. 5서클 때까지만 해도 가장 보편적인 비행 마법인 플라이를 사용했다. 그러나 그것은 허공에서의 행동이 부자연스러운 데다 위험할 정도는 아니지만 안정성에도 약간의 문제가 있었다.

거기에 비하면 레비테이션은 훨씬 발전한 비행 마법이었다. 숀이 볼 때는 둘 다 한심한 수준이지만 말이다.

"6서클에 배우는 종류라고 해서 대단한 줄 알았더니 완전 거북이가 따로 없네. 쯧쯧."

"휴우, 아마 대륙 전체를 뒤져도 레비테이션 마법을 두고 그런 식으로 표현하는 분은 주군께서 유일하실 겁니다. 그렇다고 따질 수도 없겠지만요. 그나저나 그자들을 설마 죽이신 것은 아니겠죠?"

망루에 내려서자마자 핀잔을 들은 멀린은 내심 서운했지만 손의 눈엔 그렇게 보일 수도 있겠다 싶어 얼른 마음을 추슬렀다.

그러고는 망루 안쪽 여기저기에 쓰러져 있는 병사들을 가리키며 물었다. 금방 말도스 공작과 한편인 손이 그럴 리는 없다고 깨달았지만 말이다.

"내가 나쁜 놈이라는 것은 나도 알지만 아무 죄도 없는 힘없는 자들을 죽일 정도는 아니야. 그냥 일이 끝날 때까지 푹 자게 해준 것뿐이지."

"주군께서 나쁜 사람이라면 세상에 착한 사람은 단 한 명도 없다고 해야 할걸요?"

"정말 그럴까?"

손은 아직도 자신이 매우 악한 사람이라고 생각하고 있었다.

이 대륙에 와서 나쁜 짓을 한 것도 없는데 말이다. 어쩌면 그건 전생에서 워낙 많은 사람을 죽여서일지도 모른다. 아니면 그때에 비해 훨씬 착해진 상태라 양심의 가책을 느끼는 것일 수도 있었다.

"틀림없습니다. 주군께서는 자신을 배신하고 위험한 상황으로 끌고 가려고 한 저도 용서해 주시지 않았습니까? 또한 수많은 렌탈 영지군과 영지민을 구해주셨고요. 아마 주군을 알고 있는 모든 사람은 그 일에 감사하고 있을 것입니다. 그런데 나쁜 사람이라니요. 그건 말도 안 되는 이야기입니다."

"훗. 자네가 흥분해서 이야기하는 모습을 정말 오랜만에 보는 것 같군. 이제 곧 대마법사가 될 사람이 그렇게 감정적이면 쓰나. 하지만 듣기 싫은 소리는 아니로군."

"제가 운이 좋아 행여 대마법사가 된다고 해도 주군 앞에서는 여전히 초보 마법사일 뿐입니다. 헤헤."

최근 들어 멀린을 만나게 되는 사람들은 모두 그를 향해 존경을 눈빛을 보내고 있었다.

6서클이면 거의 최상급 마법사라 할 만하다. 대륙을 통틀어도 손가락으로 꼽을 정도이니 말해 무엇하겠는가.

하지만 워낙 능력의 차이가 커서인지 그런 그도 숀의 앞에만 있으면 언제나 어린애가 되는 기분이 들었다.

"드디어 찾았다!"

"갑자기 뭘… 아! 설마 그자들을 찾으셨다는 말씀이십니까?"

망루 위에서 잡담을 나누던 숀이 갑자기 눈을 빛내며 외쳤다. 그러자 의아해하던 멀린도 뭔가를 깨달았는지 놀람에 찬 목소리로 질문했다.

"역시 내 예상대로 대부분은 말도스 공작의 처소 근처에 모여 있군. 자, 그럼 이제부터 슬슬 쥐잡기나 해보실까?"

"저는 이곳에서 무엇을 해야 하는지 말씀해 주고 가십시오."

숀이 혼잣말처럼 중얼거리자 멀린은 서둘러 부탁했다. 그가 아무런 명 없이 훌쩍 떠나 버리면 이대로 멍하니 있어야 하는 데, 그건 고문보다 싫었다.

"그건 내가 놈들 쪽에 가서 알려주지. 그때그때 상황에 따라 다를 것 같거든. 그러니 그냥 맘 편히 기다리고 있도록."

"알겠습니다."

약간은 미진한 기분이 들었지만 멀린은 숀의 말에 곧장 대답했다. 그러자 또다시 그의 모습이 순식간에 사라져 버렸다.

픽!

귀신이 곡할 노릇이었지만 이제 어느 정도 손의 능력을 알고 있는 멀린인지라 그는 망루 안에 놓여 있는 의자 쪽으로 가더니 그대로 주저앉았다. 아주 편안한 모습으로.

Chapter 04

은밀하게…

건들면죽는다

1

　윌러스는 특이한 경력을 가지고 있는 사람이다. 과거에
는 어쌔신으로 활동하다가 얼마 전부터 스파이로 전향했기
때문이다. 통상 어쌔신들은 임무에 실패하면 자결을 선택
하거나 아니면 영원히 은퇴를 한다. 그 외의 경우에는 그
직업을 그만둘 수가 없다. 조직에서도 용납하지 않을뿐더
러 다른 일에 적응하기도 힘든 탓이다.

　하지만 윌러스는 그가 몸담고 있던 조직 전체가 와해되
는 바람에 자연히 그만둘 수밖에 없었다. 이후 운이 좋게도
둘째 왕자 크리스티안의 정보 조직에 몸담게 되었다.

즉 그는 확실히 일반 스파이보다는 훨씬 더 강하고 은밀하다는 뜻이다. 그리고 그러한 그의 능력은 쉽게 인정받을 수 있었고, 오늘날 모든 스파이를 현장에서 총괄하는 위치까지 오를 수 있었다.

"대장님, 방금 전 말도스 공작이 성 안으로 들어왔습니다."

"매튜는 어디에 있나?"

그런 월러스에게 검은 복면인 한 명이 다가와 보고했다. 발걸음이 매우 가볍고 동작이 민첩한 복면인이다.

"공작을 뒤따라 들어갔습니다. 일단 이쪽으로 오라고 할까요?"

"그렇게 해라. 물어볼 말이 있으니."

"알겠습니다!"

다시 복면인이 사라지자 월러스는 지금까지 숨어 있던 나무 밑 둥지에서 몸을 드러냈다. 족히 수백 년은 된 것 같은 고목 아래에는 자연적으로 형성된 커다란 구멍이 있었다.

"하도 오랫동안 두더지처럼 숨어 있었더니 허리가 다 뻐근하군. 말도스 공작이 들어갔으니 이제 바깥 공기를 좀 쐬어도 괜찮겠지. 휴우."

월러스의 감각은 스파이 가운데 최고라고 할 수 있다. 어쌔신 훈련을 받을 때부터 갈고닦은 실력이라 당연했다. 그랬기에 그는 지금 주변에 아무도 없다는 것을 파악한 뒤, 어느 정도 여유를 부릴 수 있었다. 그런데다가 말도스 공작이 성 밖에 있을 때는 이 근처까지도 성 수비대원들이 순찰을 돌지만 일단 안으로 들어가면 아예 얼씬도 하지 않는다는 것도 이미 알고 있는데 뭐가 걱정이겠는가.

그렇게 그가 숨을 크게 쉬며 몸을 풀고 있을 때 성 쪽에서 일단의 무리가 은밀하게 다가왔다.

"충! 패튼이 대장님께 인사드립니다!"

"어서 와라, 패튼. 본론만 묻겠다. 말도스 공작이 어째서 섬에 들어갔던 것이지? 그곳에서 무엇을 했는지 본 것을 모두 보고해라."

"네, 그는 그곳에서 약 네 시간에 걸쳐 낚시만 했습니다."

패튼이라는 자는 아까 숀과 멀린이 호숫가에서 만난 사내였다. 그는 분명 섬 안에 있는 사람들을 모두 확인했건만 어찌 된 노릇인지 사실과 전혀 다른 보고를 하고 있었다. 이것은 아무래도 숀이 그의 혈도 여러 곳을 점한 것과 관련이 있는 것 같았지만 아직은 아무것도 알 수 없었다.

"뭣이? 낚시? 그게 지금 무슨 헛소리냐? 지금이 어느 때인데 낚시라니⋯ 네가 정녕 제대로 감시를 한 것이냐?"

"물론입니다! 그곳에 도착한 순간부터 떠나기까지 단 한시도 시선을 뗀 적이 없었습니다!"

"으음, 그렇다면 우리의 예상이 틀렸다는 말인가? 갑자기 우리 눈을 피해 외출해 혹시 아직 남아 있는 삼왕자의 잔당들과 접촉이라도 시도하려는 줄 알았더니."

월러스와 패튼 등은 모두 일왕자 바스티안의 첩자이다. 말도스 공작이 충성을 바치고 있는 데도 바스티안은 여전히 그를 의심하고 있었는데, 이렇게 많은 첩자를 심어놓은 것을 보면 그 의심의 정도가 심한 모양이었다.

"그렇지 않아도 우리 왕자님께서 공작을 끌어들이려고 하던 참이다. 클클."

"누구냐?!"

그런데 바로 그때, 전혀 예상치 못한 곳에서 월러스의 말에 누군가가 대꾸해 왔다. 몹시 음산하면서도 섬뜩한 목소리다. 두 사람은 어찌나 놀랐는지 기겁하며 몸을 빠르게 돌려세웠다. 그러나 그 어디를 둘러봐도 목소리의 주인은 보이지 않았다.

"당장 나와라! 그렇지 않으면……."

"그렇지 않으면?"

"찾았다! 차앗!"

핑핑핑!

이번에도 목소리는 윌러스의 외침에 약이라도 올리는 듯 되물었다. 그러나 명색이 어쌔신 출신의 윌러스가 계속 당하고만 있을 리는 없었다. 그는 처음부터 목소리가 어디서 들려오는지를 파악하기 위해 소리를 지른 모양이다. 대답이 들려옴과 동시에 방향을 눈치채고 있는 힘껏 표창을 집어 던진 것을 보면 말이다.

"……."

"아무래도 빗나간 것 같습니다."

"나도 알고 있다. 쉿!"

갑자기 주위가 적막에 잠기자 패튼이 윌러스를 보며 말하다가 그의 경고에 얼른 입을 다물었다.

그런데 바로 그때.

"멍청한 녀석들. 죽어라!"

쉬이익!

"피해!"

털썩! 데굴데굴.

"크악!"

한마디 외침과 함께 서슬이 퍼런 검 두 자루가 날아들었다. 그것을 보는 순간 동작이 빠른 윌러스는 간신히 피할 수가 있었지만 안타깝게도 패튼은 그 검에 머리가 쪼개지며 그대로 즉사하고 말았다.

"으으, 네놈들은 누구냐?"

"쯧, 미꾸라지 같은 놈이로군. 조프리, 그놈을 잡아라!"

그리고 곧 세 명이나 되는 붉은색 복면의 무리가 나타났다. 그들은 모두 똑같은 복장에 비슷한 체형을 가지고 있었다. 얼핏 보면 한 사람이 거울에 비친 모습이 아닐까 싶을 정도였다. 그들 중 가운데 서 있는 자가 갑자기 명령을 내렸다.

"네! 이얍~!"

부웅~!

"어림없다! 탓!"

그 소리를 듣고 우측의 복면인이 윌러스를 향해 둔기류의 무기를 휘두르며 날아갔다. 그러나 윌러스의 대응은 눈부실 만큼 빨랐다. 그는 날아오는 자의 왼쪽으로 빠르게 몸을 돌리더니 곧장 바닥을 차고 허공으로 뛰어올랐다. 이대로라면 충분히 그 자리를 벗어날 수 있을 것 같았다. 하지만.

"걸렸다, 쥐새끼!"

촤르르르르!

"으헉!"

슉~ 쿵!

그가 몸을 날린 방향의 위쪽에서 커다란 그물망이 떨어

져 내리더니 순식간에 그의 몸뚱이를 낚아챘다. 그로 인해 월러스는 곧장 땅바닥으로 떨어지고 말았다. 눈 깜짝할 사이에 벌어진 일이다.

"잡았습니다, 대장님!"

"이쪽으로 끌고 와라."

"네!"

결국 월러스는 복면인들의 리더 앞으로 끌려갔다. 그나 상대방이나 모두 복면을 쓰고 있기는 했지만 색은 달랐다. 검정과 빨강으로 말이다.

"네놈들은 누구냐!"

"멍청한 놈이로군. 우리가 누구인지 말해줄 것 같은가?"

"으으, 나는 바스티안 왕자님의 수하다! 그러니 어서 당장 나를 풀어주고 용서를 구하라! 그렇지 않으면 네놈들 모두 반역죄로 삼족까지 죽게 될 것이다!"

의외로 월러스는 잡힌 상태에서도 의연했다. 일개 스파이가 보여주기에는 제법 강단 있는 모습이다. 그래서인지 복면인 리더의 눈빛이 살짝 흔들렸다.

'허어, 쥐새끼치고는 마음에 드는군. 하지만 지금은 한가하게 수하나 거두고 다닐 때가 아니니 아쉽지만 일단 계획대로 밀고 가는 수밖에.'

그는 바로 숀이었다. 그리고 지금 그의 옆에 서 있는 자들은 모두 그가 만들어낸 허상이었다. 과거 중원의 사황(邪皇)이 즐겨 쓰던 수법을 오랜만에 펼치고 있는 중이다.

"아주 시끄러운 놈이로구나. 나는 지금부터 둘째 왕자님의 지시대로 공작을 만나러 갈 테니 놈을 죽여라."

"알겠습니다!"

그 한마디를 남겨놓고 리더가 사라지자 남아 있는 자 가운데 한 명이 검을 들고 월러스에게 다가갔다. 월러스는 리더의 독백을 통해 이자들이 숙적 이왕자 크리스티안의 수하들임을 알았지만 그것을 알릴 방법이 없기에 그냥 눈을 감고 말았다. 체념이다.

"빨리 안 오고 무엇 하는 겐가!"

"갑니다! 이얍~!"

슈욱~ 서걱!

"크악!"

그때 자리를 뜬 리더로 보이는 자의 노한 목소리가 남아 있는 자를 재촉했다. 그러자 그자는 다급하게 검을 휘둘렀고, 그로 인해 월러스는 피를 토하며 쓰러졌다. 그리고 곧 사위는 쥐 죽은 듯 고요해졌다.

쏴아아아!

얼마나 지났을까? 제법 차가운 바람 한줄기가 불어오자 놀랍게도 쓰러져 있던 월러스의 몸이 꿈틀거렸다.

"흐윽! 그, 그놈이 다급한 바람에 검날이 아닌 등으로 나를 벤 모양이구나. 그것만으로도 거의 죽음까지 갈 뻔했지만 결국 나는 이렇게 살아… 났다. 으드득! 크리스티안 왕자의 개들이 감히 우리를 죽이려 하다니… 절대 용서할 수 없다."

놀랍게도 그는 비틀거리면서도 결국에는 일어났다. 그러고는 이를 갈고 중얼거리며 어딘가로 힘겹게 걸어가기 시작했다.

[역시 주군이십니다. 완벽하게 속은 것 같군요.]

[후후, 이제 이왕자의 첩자들에게도 맛을 보여주러 가야지? 양쪽 다 서로 상대방 왕자 측에게 공격을 받았다고 생각하게끔 해야 말도스 공작이 시간을 벌 수 있을 테니까. 어서 가자.]

휙~!

숨어서 그런 월러스의 뒷모습을 바라보며 멀린과 숀이 대화를 나누었다. 그러고는 금방 다시 어둠 속으로 사라져 갔다.

2

다음 날, 아침 일찍부터 일왕자 바스티안의 진영과 이왕자 크리스티안의 진영에서는 거의 동시에 분노의 외침이 들려왔다.

"크리스티안 이놈이 감히!"

"바스티안 형님이 이제 무덤에 들어가고 싶어서 제대로 노망이 난 모양이로구나!"

왕자들은 각각 현재 가장 강력한 라이벌인 상대방 왕자의 이름을 들먹이며 울화통을 터뜨렸다.

황당하게도 둘 다 똑같은 이유 때문이었다. 그건 바로 말도스 공작의 곁에 붙여놓은 스파이들이 모조리 죽고 단 한 명만 살아 돌아왔다는 점이다.

"비상 회의를 소집하라! 이번 일만큼은 절대 그냥 넘어갈 수 없다!"

왕자들은 어찌나 크게 화가 났는지 이번만큼은 전쟁도 불사할 것 같았다.

그러나 그들에게는 불행인지 다행인지 당장 둘 모두의 흥분을 가라앉힐 수 있는 각각의 배후가 존재했다.

바스티안에게는 제국의 힘이, 그리고 크리스티안에게는 피의 사자가 말이다.

이제 조금만 더 있으면 완벽한 때가 될 텐데 이 정도 일로 흥분해서 대업을 그르치게 할 수 없다는 것이 그들 모두의 생각이었다.

결국 이 일은 한동안 그렇게 소강상태에 빠져들었고, 그러는 사이 말도스 공작은 좀 더 적극적으로 삼왕자 루카스를 따르는 세력과 여러 가지 작전 등을 수립할 수 있는 시간을 가질 수 있었다.

그리고 그때 숀과 멀린은 여유를 부리며 크리스티안 왕자의 저택이 있는 왕성 안으로 들어서고 있었다.

"정말 주군께서는 여러모로 저를 감탄하게 만드는 분입니다. 스파이들을 이용해 그런 계략을 다 꾸미시다니요. 이번 일로 두 왕자는 서로를 더욱 불신하게 되었을뿐더러 말도스 공작까지 편안하게 되었다고 합니다. 애초부터 두 가지를 다 노리고 시작한 일이시지요?"

"당연하지. 이런 것을 두고 '돌 하나를 던져서 새 두 마리를 잡는다(一石二鳥)'고 하지."

함께 걸어가는 동안 멀린이 말을 꺼내자 숀이 중원에서 살 때 알고 있던 사자성어를 풀어서 말했다.

"허어, 그런 말은 또 어디서 들으셨습니까? 정말 멋진 비유인 것 같은데요?"

"듣기는… 그냥 내가 지어낸 말이야. 언젠가 산에서 날아가는 새를 노리고 돌을 던졌는데 두 마리가 동시에 떨어진 적이 있거든. 그날 이후부터는 돌 하나도 절대 허투루 던지는 법이 없게 되었지. 하나로 둘을 잡는 것이 훨씬 효율적이잖아. 그건 새를 잡을 때뿐 아니라 사람을 잡을 때도 마찬가지라는 것을 명심하라고."

"네, 꼭 명심하겠습니다."

끄덕끄덕.

이것은 모두 새빨간 거짓말이다. 그러나 멀린은 그것을 전혀 모르고 있었기에 그저 존경스럽다는 표정으로 숀의 얼굴을 멍하니 바라보기만 했다. 그러다가 명심하라는 말에 얼른 대답과 함께 고개를 끄덕였다.

그러던 중 두 사람은 마침내 크리스티안의 저택을 발견했다. 그런데 저택의 규모가 어찌나 크고 대단하던지 둘 다 입을 딱 벌린 채 감탄하고 말았다.

"히야! 이왕자의 세력이 얼마나 강대한지 저택만 봐도 금방 알겠네. 이게 집이야, 성이야?"

"그러게 말입니다. 아무래도 기존 저택을 터서 인근 땅까지 모두 흡수한 다음 합친 것 같네요."

거대한 담장이 끝을 모르고 이어져 있는 데다가 안쪽에는 크고 작은 성루가 수십 개나 보인 것이다. 이름은 저택이었지만 이건 어지간한 성보다 훨씬 규모가 크고 웅장했다.

"이렇게 되면 아무래도 작전을 살짝 바꿔야겠군. 저 안에서 아가씨 한 명을 데리고 무사히 탈출하려면 말이야."

"그냥 주군께서 안고 날아서 나오는 게 가장 빠르지 않을까요?"

손이 중얼거리자 멀린이 왜 그런 것을 가지고 고민이냐는 듯 고개를 갸웃거리며 말했다.

그의 능력이라면 얼마든지 간단하게 오리엘 기사의 딸을 금방 데리고 나올 수 있으니 당연한 질문이었다.

"하지만 그렇게 하면 그 아가씨가 자칫 심장마비로 죽을지도 모른다고. 자네처럼 마나가 최고 수준에 오른 마법사도 오줌을 질질 싸잖아."

"제가 언제 오줌을 쌌다고……. 그렇지만 주군의 말씀도 일리는 있습니다. 이제 겨우 열여섯 살밖에 안 된 아가씨이니 충분히 그러고도 남을 겁니다. 휴우, 그럼 어떤 방법을 쓰는 것이 가장 좋을까요?"

여전히 손은 세상 사람들에게 괴물 취급 받는 것이 싫었다. 때문에 비공식적으로 움직일 때는 몰라도 사람들이 볼수 있는 상황에서는 상식적으로 행동하기 위해 애썼다. 그랬기에 오리엘의 딸을 구하는 일에서도 이처럼 슬쩍 변명한 것이다.

"그렇다고 복잡한 방법으로 할 필요는 없겠지. 때로는 무식한 것이 좋을 때도 있는 법이거든."

"그건 또 무슨 말씀이십니까? 알아듣기 쉽게 설명해 주시면 안 될까요?"

멀린은 숀이 야릇한 미소를 머금은 채 말하자 오리무중에 빠져드는 기분이 들었다. 분명 뭔가 좋은 수를 떠올린 것 같은데 그게 무엇인지 자신은 짐작조차 할 수 없기 때문이다.

"일단 지금은 배부터 채우는 게 어때? 인근 식당에 가서 크리스티안의 저택 내부에서 흘러나온 소문도 좀 수집해 보고 말이야. 아참, 아마 이따 저녁 즈음에는 우리 작전을 도와줄 사람들도 올 것이니 어차피 기다려야 할 거야."

"작전을 도와줄 사람들이 온다고요? 어느새 그런 지시를 다 내리신 것입니까? 저와 내내 함께 다니셨으면서 말입니다."

숀의 말에 멀린은 진짜 크게 놀랐다. 숀의 지원군이라면 지금 모두 테우신 영지 쪽에 있다고 할 수 있다.

게다가 이곳에서 테우신 영지까지는 쉬지 않고 말을 달린다고 해도 꼬박 하루 반나절은 걸릴 만한 거리다. 어찌 보면 가깝다고 할 수도 있겠지만 어쨌든 금방 지원군을 부를 수 있는 거리는 아니라는 뜻이다.

그런데다가 숀은 말도스 공작을 만나러 갈 때부터 지금까지 멀린과 떨어져 있던 적이 거의 없었다. 그러니 어찌 놀라지 않을 수 있겠는가.

"말도스 공작의 성으로 가기 직전에 들렀던 마을 기억나나?"

"아, 이틀 전에 지나간 상트 마을 말씀입니까?"

"맞아. 그 마을에도 소피아 상단의 지부가 있거든. 그리고 소피아 상단의 지부에는 긴급할 때만 활용할 수 있는 마법 통신 기기가 한 대씩 갖추어져 있지. 그거면 충분하지 않겠어?"

마법 통신 기기는 통신 장치와 약간의 차이가 있다. 그것은 긴 말은 할 수 없고 간단한 전문만 통신 신호로 보낼 수 있는 기능이 전부이기 때문이다. 하지만 그것만으로도 매우 유용하게 쓸 수 있다는 것은 마법사인 멀린이 누구보다 잘 알고 있었다.

"그렇다면 주군의 말씀대로 오늘 중으로는 도착하고도 남겠네요. 아무튼 그래도 대단하십니다. 저마저 감쪽같이 모르게 그런 연락까지 취해놓으셨으니 말입니다."

"하하! 너무 그렇게 빈정거리지 말라고. 고의적으로 감춘 것이 아니라 워낙 바쁘다 보니 이야기해 주는 것을 깜빡한 것뿐이거든."

"어련하시겠습니까? 하긴 저처럼 무능력한 마법사가 미리 알았다고 한들 무슨 의미가 있겠어요? 하아!"

멀린이 단단히 삐진 것 같다. 한숨까지 내쉬며 자기 비하까지 할 정도이니 말이다. 그게 은근히 미안했는지 슌이 머리를 긁적이며 그의 곁으로 더욱 바짝 다가갔다.

툭.

"어이, 멀린."

"말씀하십시오."

그러더니 그의 어깨에 오른팔을 올리며 말했다.

"왕성 근처에는 맛있는 요릿집이 즐비하다던데 혹시 아는 데 없나? 어디든 먹고 싶은 집으로 가자. 오늘은 내가 제대로 한턱 쏠 테니."

마법사치고는 먹는 것에 약한 멀린이다. 슌은 그의 이런 단순함을 이용하기 위해 슬쩍 미끼를 던졌다.

"쏘신… 다고요?"

"그렇다니까."

그러자 예상대로 멀린은 바로 입질을 했다. 하긴 그래도 하늘같은 주군이 자신의 감정까지 배려해 주면서 던진 미끼인데 물지 않을 이유가 있겠는가. 오히려 이럴 때 잘 먹어두는 것이 이익일 터였다. 계속 삐진 척해봤자 결국 돌아오는 것은 무서운 응징일 수도 있으니 말이다.

"사실 왕성에 오면 꼭 먹고 싶던 것이 있기는 합니다. 하지만 워낙 비싸서 엄두도 내지 못하고 있었는데… 그것도 괜찮겠습니까?"

"걱정 말고 앞장이나 서라고. 그래도 명색이 6서클 마법 사인데 먹고 싶은 것도 못 먹고 다니면 되겠어?"

"헤헤, 감사합니다, 주군. 그럼 따라오시지요."

성큼성큼.

사실 알고 보면 멀린도 부자이다. 그러나 손을 만난 뒤로 자신의 충성과 함께 모든 재산도 그에게 바친 것이나 마찬 가지였기에 함부로 돈을 쓰지 않고 있었다. 손도 그런 그의 마음을 알고 있었기에 오늘은 정말 맛있는 것을 먹이고 싶 었다. 어차피 왕성에는 소피아 상단의 지부 가운데 가장 돈 을 잘 버는 곳도 있기 때문에 그가 돈 걱정할 일은 없었다.

Chapter 05

잠입?

건들면죽는다

1

칼론 왕국의 이왕자 크리스티안의 저택에서 그리 멀지 않은 작은 숲에 한 대의 화려한 사두마차가 나타났다. 그리고 그 마차의 앞쪽에는 위풍당당한 모습의 호위 기사가 네 명이나 말 위에 올라 있었다. 투구 아래로 삐져나온 백색의 수염으로 볼 때 나이가 제법 많은 것 같았지만 기세는 몹시도 당당하게 느껴졌다. 하지만 아무리 그렇게 꾸미고 있다고는 해도 마차의 주인은 귀족어 아닌 것 같았다. 귀족 특유의 문양이 없기 때문이다.

"멈추시오!"

"워어어! 멀린 마법사님, 고생이 많습니다."

"고생이라니요. 오히려 성 안에 있는 것보다 즐거운걸요. 아무튼 잘 오셨습니다. 주군께서 기다리고 계시니 이쪽으로 오시지요."

"알겠습니다!"

바로 그때, 마차의 일행 앞에 로브를 입은 멀린이 나타났다. 그러고는 기사들과 잘 아는 사이인지 서로 인사를 나누더니 그들을 이끌고 숲 안쪽으로 좀 더 들어갔다.

"좋아, 딱 내가 원한 대로의 행차로군. 그나저나 설마 총수께서 직접 나설 줄은 미처 몰랐네."

"충! 나이트 홀릭 형제가 주군을 뵈옵니다!"

"하하! 이런 곳에서 보게 돼서 그런지 더 반가운 것 같군요. 오느라 고생들 했습니다."

기사 차림으로 등장한 자들은 바로 나이트 홀릭 형제였다. 손이 등장하자 그들을 일제히 말에서 내리더니 경례를 했다. 그리고 바로 이어서 마차의 문도 열렸다.

딸칵.

"안녕하세요, 주군. 그런데 마차 안에 제가 있다는 것은 어떻게 아셨죠?"

"그대가 이곳에 도착하기 훨씬 전부터 황홀한 향기가 먼저 나를 찾아왔거든. 그건 오직 그대만이 홀릴 수 있는 향이라 눈을 감고도 알 수 있다오. 하하하!"

그리고 곧 주변이 환해지는 것 같은 분위기와 함께 소피아가 내렸다. 단아해 보이는 단색의 원피스에 달랑 사파이어 목걸이 하나만 찼을 뿐인데도 그녀의 미모는 실로 눈이 부실 정도로 화려하게 느껴졌다.

"치이, 어째서 그런지는 몰라도 주군께서는 바람둥이가 아닐까 싶어요. 어쩜 그렇게 느끼한 말씀을 잘 하시는 거죠?"

"듣기 싫었소?"

"뭐, 듣기 싫은 것은 아니지만 왠지 평소의 주군 같지가 않아서요."

"아무리 나라고 해도 그대의 미모를 보고 어찌 무감정하게 있을 수 있겠소. 아무튼 여기까지 오느라 고생했소. 그리고 당신이 직접 와주어서 솔직히 기쁘오."

"저도요."

바람둥이 어쩌고 하더니 슌의 이어지는 한마디에 결국 소피아는 얼굴을 살짝 붉히며 다 기어들어 가는 목소리로 고백하고 말았다. 아무리 감추려고 해도 그를 사랑하는 이상 좋은 게 좋은 거 아니겠는가.

"크험, 그런데 주군, 정말 크리스티안 왕자의 저택으로 쳐들어가는 것입니까?"

"어허, 쳐들어가다니요. 그냥 조용히 들어가서 살포시 뒤집어놓고 나오면 되는 겁니다. 참, 오리엘 기사와 그의 딸에 대한 정보는 좀 가져왔소?"

두 사람의 분위기가 수상해지자 나이트 홀릭의 첫째가 은근슬쩍 끼어들었다. 누구보다 둘이 잘되기를 바라는 그였지만 지금은 때가 때인 만큼 분위기를 환기시킬 필요가 있었던 것이다. 그러자 그 점을 깨달았는지 슌도 얼른 대꾸하고는 소피아를 향해 물었다.

"그녀의 이름은 위트니이고 나이는 올해 열여섯 살 하고도 삼 개월. 이미 말도스 공작성의 인근에서는 미녀로 소문이 자자한 데다 총명해서 뭇 총각들의 애간장을 녹여왔다고 하더군요."

"검술 실력은 어떻소? 그래도 명색이 아버지가 공작가의 호위 기사인데 어느 정도는 배우지 않았을까?"

"전혀요. 오히려 그 반대예요. 기사 오리엘이 딸에게 검 근처에는 아예 얼씬도 못하게 했대요. 검을 쓸 줄 알게 되면 목숨이 위험해질 일이 많아질 것이라고 하면서 말이죠."

외골수적인 성향으로 기사 생활을 해온 오리엘다운 교육 방침이다. 하긴 모든 아버지는 자신의 딸이 기왕이면 곱게 성장해서 평탄한 삶을 살기를 원할 터였다.

"쯧, 그런 고지식한 생각 때문에 우리 일이 좀 더 골치 아

파지게 생겼군. 검술을 전혀 배우지 않았다면 체력도 형편
없을 테니 말이야."

"그렇죠. 결국 능력이 뛰어난 누군가가 그녀를 책임지고
데리고 나와야 할 테니까요."

스윽.

숀이 투덜거리자 소피아가 그런 그의 얼굴을 빤히 올려
다보며 말했다. 어딘지 약이 오르는 것 같은 표정이다. 하
긴 지금 이곳에 모여 있는 사람들 가운데 가장 믿을 수 있
는 사람은 숀이다. 그가 아니고서는 엄청난 병사와 기사들
이 득실거리는 크리스티안의 저택에서 다 큰 처녀를 무사
히 빼내는 것이 쉽지 않을 터였다. 단지 그러자면 어쩔 수
없이 그녀를 안거나 해야 한다는 것이 문제라면 문제였다.
그건 아무리 이해심이 많은 소피아라고 해도 싫었다.

"어험, 그럼 지금 그녀가 어디에 있는지 말해보시오."

"저희가 조사한 바에 의하면 그녀는 정확히 한 달 전쯤에
잡혀간 것 같아요. 이유는 어처구니없게도 왕자가 행차하
는데 절을 제대로 하지 않았다는 것이었죠. 물론 그건 애초
부터 그녀의 미모를 탐내고 있던 크리스티안의 수작이었지
만요. 아무튼 그렇게 잡혀간 그녀는 순결을 지키기 위해 무
던히도 노력 중인가 봐요. 그 덕분인지, 아니면 크리스티안
왕자가 바빠서인지 아직 그는 그녀를 후궁들의 거처에서

생활하게 해놓고 통 들르지 못하고 있는 실정이라네요. 하지만 그건 그야말로 바람 앞의 등불 신세라고 할 수 있죠. 언제 갑자기 들이닥쳐서 그녀를 범할지 알 수 없는 상황이니까요."

소피아가 비교적 상세히 설명을 해주는 동안 숀은 가만히 고개를 끄덕이며 듣고 있었다. 그러다가 이 대목에서 끼어들었다.

"그건 아마 기사 오리엘의 충성이 확인되기 전까지는 보류할 거요. 그가 자신의 마음에 흡족한 정보를 주기 전에 그녀를 범하게 되면 오히려 손해가 더 크다는 것을 알고 있을 테니까 말이오. 그렇다고 마냥 여유를 부릴 수 있는 상황은 아니겠지만. 아무튼 좋소. 그대의 말대로라면 우리는 저택 안으로 들어가자마자 무조건 후궁들의 처소로 가야겠군."

"그런 식으로 접근하면 그쪽에서 뭔가 눈치채고 경계를 하지 않을까요?"

숀이 너무 쉽게 말하는 바람에 소피아는 오히려 불안해졌다. 분별없이 일을 처리하다가는 오리엘의 딸을 구하러 들어가는 자신들이 위험해질 수도 있다고 여긴 탓이다.

아무리 숀의 능력이 뛰어나고 6서클 마법사 멀린이 있다고는 해도 이곳은 현재 왕국 최고의 권력자 중 한 명인 크리스티안의 소굴이 아닌가. 안에는 무서운 실력자들이 모래알처럼 많을 것이 뻔했다.

"그런 걱정은 할 필요 없소. 나 역시 아무 생각 없이 들어가려는 것은 아니니까. 자, 그럼 지금부터 작전을 설명해 줄 테니 다들 잘 들으시오. 우선 우리는 지방에서 올라온 상단 행세를 하며 저택 안으로 들어갈 것이오. 이곳은 그냥 일반 저택보다는 성에 가까운 규모인지라 그런 상단들도 많이 출입하는 것이 확인된 상태요. 그러니 특별히 의심을 살 만한 행동만 하지 않으면 되는 것이오. 그래서……. 그런 다음 그녀에게 접근할 수 있는 기회를 만들면 되오. 알겠소?"

"아! 그래서 어제 저희들을 이곳으로 부르시며 그런 물건들을 준비해 오라고 하신 거군요?"

"맞소. 반드시 후궁들의 처소로 갈 것이라고 생각한 것은 아니지만 장사치 행세를 하려면 어느 정도는 필요할 것 같았거든."

숀의 설명이 한참 이어지자 다들 납득했는지 고개를 끄덕였다. 그리고 마지막으로 또다시 소피아가 나서며 약간 흥분한 어조로 말을 던졌다.

가만 보니 마차 안에는 그녀 말고 또 다른 무엇인가를 싣고 온 모양이다.

"그러셨군요. 그렇다면 주군께서 저를 칭찬해 주셔야겠어요. 제가 준비해 온 물건들이 다 후궁들이 좋아할 만한 것들이거든요. 미리 생각한 것은 아니지만 어쩐지 왕족이 있는 곳으로 들어가야 한다는 말을 듣자마자 떠올린 물건들이라 잘 맞아떨어진 것 같아요."

"어련했겠소? 그럼 어서 이쪽으로 오시오. 내가 진하게 칭찬해 줄 테니."

"……?"

사박사박.

숀의 말에 소피아는 뭔가 이상하다는 생각을 하면서도 그를 향해 다가갔다. 그러자.

덥석!

"어이구~ 잘했쪄요, 우리 예쁜 아가씨!"

"어머나! 지금 뭐 하시는 거예요!"

픽!

"캑!"

휙~!

"어서들 가요! 홍!"

그녀가 다가오자마자 숀이 갑자기 그녀를 덥석 끌어안았다. 그러고는 마치 애기에게 말을 하듯 혀 짧은 소리를 지껄이다가 얼굴에 그녀의 주먹을 한 대 얻어맞고 말았다. 그 순간, 소피아는 얼른 숀에게서 떨어지며 마차 쪽으로 걸어 갔다. 그러고는 나이트 홀릭에게 명령을 내리더니 얼른 마차에 올랐다. 얼굴이 새빨개진 채다.

"주, 주군, 괜찮으십니까?"

"으응… 당연히 괜찮지."

주르륵.

"하지만 코, 코피가…….."

"됐으니 우리도 어서 준비하고 따라가자. 훌쩍!"

멀린이 숀에게 다가가 어쩔 줄을 몰라 하자 숀이 얼른 코피를 닦으며 말했다. 무슨 준비가 필요한 것인지 알 수 없었지만 고개를 돌리고 좀 더 숲이 우거진 쪽으로 걸어가는 숀의 얼굴에는 환한 미소가 떠올라 있었다.

2

그 누구도 소피아의 본래 얼굴이나 정체를 모른다. 그게 이럴 때는 매우 큰 도움이 되었다. 특별히 변장을 하지 않아도 그녀가 누구인지 알아보는 사람이 없을 테니 말이다. 그건 어둠 속으로만 돌아다니며 활동한 나이트 홀릭도 마찬가지였다.

하지만 숀은 달랐다. 그의 얼굴이 워낙 젊을 때의 루카스를 닮았기에 변장을 할 수밖에 없었다. 물론 그에게 이런 일은 식은 수프 먹기였고, 살을 꼬집고 잡아당겨 봐도 걸리지 않을 만큼 완벽했다. 무공을 이용한 신체 변환술이기 때문이다.

"히야~ 정말 완전히 다른 사람이 되셨네요. 그건 대체 어떻게 하신 겁니까?"

"궁금해?"

이십 대 초반의 싱그러운 청년에서 졸지에 오십 대 중늙은이로 변신한 숀을 보고 멀린이 감탄한 얼굴로 물었다. 두 사람이 무엇을 하는지 아직 잘 모르는 소피아와 나이트 홀릭은 아까 그 자리에서 그들을 기다리고 있었다.

"당연히 궁금하죠. 저는 지금까지 이렇게 완벽한 변장술은 본 적이 없거든요."

"그럼 어서 이리 가까이 와봐. 자네에게도 경험할 수 있는 기회를 줄 테니."

"저에게도요?"

"시간 없어. 어서 오라고!"

"네……."

결국 울며 겨자 먹기로 멀린이 숀에게 다가갔다. 그러자 숀이 그런 그의 팔목을 덥석 움켜잡더니 내공을 운용하기 시작했다.

"약간 고통스러울 거야. 하지만 무조건 참아. 그리고 어떤 경우에도 마법은 쓰지 마라. 이 두 가지를 지키지 않으면 그동안 네가 축적해 놓은 마나가 삼분의 일 이상 사라질지도 몰라. 알겠지?"

끄덕끄덕.

마법사에게 마나가 상할 수도 있다고 협박하고 있으니 어찌 반항을 할 수 있겠는가. 멀린은 잽싸게 고개를 끄덕이더니 그저 이를 꽉 깨물었다. 그러고는 온몸에 퍼지고 있는 열기와 고통을 참기 시작했다. 그나마 다행인 것은 그 시간이 그리 길지 않았다는 점이다.

"됐어. 이제 눈 뜨고 거울을 봐."

"거울을요? 어디… 흐헉! 이, 이게 정말 저라는 말입니까? 맙소사!"

"자네도 철저하게 얼굴을 바꿔야 해. 그렇지 않으면 누군가 알아볼 수도 있으니 말이야. 이번 일은 절대 우리가 한 것으로 알려지면 안 되거든. 그러니 일이 끝날 때까지는 그대로 있을 각오하라고."

손이 내공을 주입하며 사황의 신체 변신술을 시전하자 멀린의 얼굴 근육과 온몸이 비틀렸다. 그런 후 변신이 완료되자 그를 위로라도 하듯 한마디 했다.

그런데.

"각오를 하라고요! 천만에요!"

"잉? 지금 자네 나에게 반항하겠다는 건가?"

놀랍게도 멀린이 얼굴 가득 기괴한 웃음을 지으며 버럭 소리를 질렀다. 슌의 입장에서는 그야말로 어이가 없는 상황이다. 오죽했으면 멀린이 미친 것이 아닌지 의심했다.

"그게 아니라 그냥 이대로 살게 해주시면 안 될까요? 제발 부탁드립니다, 주군!"

그랬다. 지금 멀린은 삼십 대 초반 정도로밖에 보이지 않는 데다가 누가 봐도 호감이 갈 만한 미끈한 청년의 모습이었다. 원래 그의 모습과는 상반된 외모가 멀린의 마음에 쏙든 모양이다. 하긴 그가 지금까지 혼자인 것도 알고 보면 나이보다 들어 보이는 얼굴과 보잘것없는 체형 때문이다. 그러나 지금의 모습이라면 얼마든지 아가씨들의 마음에 들 자신이 있었다.

"그건 좀 곤란해. 방금 내가 자네에게 펼쳐 놓은 수법은 고대 하이 엘프만의 비법이기는 해도 무한정으로 지속되는 마법은 아니거든. 만일 자네가 7서클에 도달한다면 뭔가 방법을 찾을 수 있을지 몰라도 지금은 기껏해야 하루가 최대라고."

"휴우, 그렇군요. 하지만 그래도 희망은 있네요. 제가 과연 7서클의 대마법사가 될 수 있을지는 장담할 수 없지만요."

희비가 계속 교차되고 있었다. 말은 쉽지만 현 대륙에 7서
클 마법사는 단 한 명뿐이었다. 역사를 통틀어도 그 수준에
오른 마법사는 손으로 꼽을 정도이니 희망치고는 좀 가혹했
다.

"자네의 현재 수준으로 보면 가능하고도 남지. 그리고 어
차피 내가 그렇게 되도록 꼭 만들어줄 생각이야. 그러니 그
렇게 다 죽어가는 오크 얼굴 하고 있지 말라고."

"그, 그게 정말이십니까?"

"내가 언제 헛소리하는 거 본 적 있나?"

"없습니다!"

멀린의 대답에 엄청난 힘이 실렸다. 자신이 신처럼 여기
고 있는 손이 한 약속이 아닌가. 그건 곧 조만간에 자신도
대마법사가 될 수 있다는 뜻이었다.

"그럼 이제 어서 가서 일이나 하자고."

"네, 주군!"

그렇게 두 사람은 전혀 다른 모습으로 마차가 있는 곳으
로 다가갔다.

"이제 출발합시다."

"헛! 누구냐!"

"수상한 자들이다! 어서 저들을 포위해라!"

"네, 형님!"

파라라락~!

나이트 홀릭 형제는 숀과 멀린이 다가와서 출발 운운하자 바로 소리를 지르며 두 사람을 포위했다. 과거에 비하면 훨씬 더 빨라진 몸놀림이다.

"어허, 아무리 변장을 했다고는 하지만 그래도 명색이 주군인데 전혀 몰라보다니……. 너무한 것 아닙니까?"

"설, 설마… 진짜 주군이십니까?"

나이트 홀릭 형제는 변장한 숀과 멀린을 뚫어지게 쳐다보며 물었다. 이렇게 늙은 오십 대 아저씨가 주군이라니, 절대 믿어지지 않는 일이었지만 기세 때문인지 묘하게도 주군일지 모른다는 생각이 들었다.

"그렇다니까요. 가장 중요한 적이라고 할 수 있는 이왕자의 소굴로 들어가야 하는데 본래의 모습으로 갈 거라고 생각한 것은 아니겠지요?"

"주군이 맞아요. 그러니 이제 어서 출발하시죠. 이러다가 날 새겠어요."

"알, 알겠습니다. 몰라뵈서 죄송합니다, 주군. 그럼 출발하겠습니다. 어서 가세!"

거기에 총명한 소피아가 마차 안에서 단언하듯 말하자 마침내 나이트 홀릭의 첫째가 바로 마부를 재촉했다.

"끼랷!"

히이이잉~!

두두두두~!!

마침내 그들은 크리스티안의 저택을 향해 달렸다. 애초부터 그리 먼 거리는 아니었기에 한 시간쯤 후에 그곳 정문 앞에 도착할 수 있었다.

"멈추시오! 무슨 일로 온 것인지 용무를 밝히시오!"

"우리는 도슨 영지에서 온 상인들이오. 이곳에 계신 분들께서 보석을 좋아하신다는 소문을 듣고 거래를 한번 해볼까 해서 왔소. 왕성 입구에서 여기 저택에 들어가도 좋다는 출입증을 가지고 왔으니 확인해 보시오."

"기다리시오!"

숀은 어제 미리 소피아 상단의 지부를 통해 출입증을 받아놓았다. 그들은 이미 크리스티안 저택과도 거래를 하고 있었을 뿐 아니라 왕성 안에 있는 고위층 간부들에게 뇌물을 잔뜩 바쳐온 상태다. 그런 이상 이런 것을 구하는 것쯤은 그리 어렵지 않았다. 또한 어차피 이곳 저택은 집이라는 개념보다는 성과 비슷한 구조였기에 더욱 그랬다.

"출입증이 확실하군. 들어가도 좋소. 문을 열어라!"

"네!"

그그그궁!

저택 대문의 쪽문을 통해 나온 경비대장으로 보이는 기사가 손이 건넨 출입증을 확인하더니 이윽고 문을 열게 했다. 그러자 어지간한 성문보다 훨씬 크고 웅장한 문이 엄청난 소리와 함께 올라가기 시작했다.

"고맙소. 이건 별거 아니지만 다른 병사들과 함께 드시오. 우리 영지 특산물이니 맛도 괜찮을 거요. 그럼 수고하시오!"

손은 대문을 통과하며 경비병들에게 술을 몇 병 건넸다. 말은 영지 특산물이라고 했지만 알고 보면 아까 시장에서 사둔 술이다. 그렇다고 싸구려는 아니었다. 아니, 오히려 엄청 비싸고 좋은 술이었다. 그래야 경비병들이 마시고 빨리 취할 테니까 말이다. 당연히 이따가 탈출할 때를 생각해서 취한 조치이다.

"저기가 후궁들이 머물고 있다는 곳입니다. 크리스티안 왕자가 워낙 신경 쓰는 곳이라 경비가 다른 곳보다 몇 배 이상 강화되어 있을 겁니다."

"흐음, 저곳으로 들어가려면 뭔가 묘책이 있어야겠군. 그녀를 발견하기 전까지는 난동을 부리기도 곤란하니까 말이야."

이미 사전 조사를 해서 인지 나이트 홀릭의 첫째 장로가 손에게 다가와 귀띔해 주었다. 그러자 손이 한 손으로 턱을

괴며 중얼거렸다.

저택 안의 규모는 밖에서 보는 것 이상이었다. 마치 왕성 하나를 그대로 옮겨놓은 듯 거리에는 사람이 넘쳐났으며 여기저기에 시장만 해도 몇 개나 형성되어 있을 정도였다. 그랬기에 숀의 일행은 대문에서부터 무려 삼십 분 이상을 이동해서야 후궁들이 기거하고 있다는 곳에 도착할 수 있었다.

덜컥.

"그건 저에게 맡겨주세요. 아무래도 이런 일에는 주군보다 제가 나을 테니까요."

바로 그때 마차의 문이 열리며 소피아가 등장했다. 하긴 눈부시게 아름다운 그녀가 앞장서면 들어가지 못할 곳은 없을 것 같았다. 그리고 그것은 그리 오래지 않아 증명되었다.

Chapter 06
탈출

건들면 죽는다

1

　그림처럼 아름답고 고상해 보이는 여인이 후궁들을 위해
고급의 제품을 가지고 왔다는 그 한마디에 경비병들은 별
다른 의심 없이 숀의 일행을 통과시켜 주었다.

　아무리 저택 내 출입 허가증을 가지고 있다고 해도 후궁
들의 처소에 드나드는 것은 그리 쉬운 일이 아니었다. 하지
만 그렇게 난리를 치며 앞을 막아서던 경비병들도 소피아
가 면사만 내리면 곧바로 태도를 바꿔 실실 웃으며 길을 비
켜주었다. 과연 살인적인 미모이다.

　"정말 당신의 미색 앞에서 버틸 수 있는 남자는 없는가

보오. 조금 전 그 경비들도 당신을 발견한 순간부터 눈빛이 달라지고 호흡까지 가빠질 정도이니… 모르긴 몰라도 오늘부터 그자들은 상사병에 시달리고 말 거요."

"하아, 그건 저도 인정해요. 오죽하면 아버지께서 얼굴을 가린 채 살아가라는 유언을 남겼겠어요? 솔직히 제 얼굴을 보고도 멀쩡한 남자는 주군이 유일해요."

이 한마디에 손은 슬쩍 찔렸다. 그 역시 그녀의 얼굴을 보는 순간 숨이 막힐 정도였다. 그러나 다행히 그에게는 감정을 억누를 수 있는 무공이 있었기에 그나마 무사할 수 있었다. 알고 보면 일종의 반칙이다.

"그, 그런 거요? 지금에 와서야 하는 이야기지만 나 역시 당신을 처음 보는 순간 당신을 향한 감정을 추스르기가 쉽지만은 않았소. 그건 지금도 마찬가지지만 말이오."

"치이, 그 거짓말, 일단 믿어드릴게요. 그러니 어서 가기나 해요. 이러다가 날 새겠어요."

대답은 새침하게 했지만 돌아서는 그녀의 얼굴에는 어느새 묘한 미소가 떠올라 있었다. 멀린이 슬쩍 보니 그건 분명 행복한 미소였다. 어쨌든 그렇게 그들은 긴 회랑을 지나 마침내 후궁들이 모여 살고 있다는 건물들 앞에 도착했다.

아직 왕자에 불과한 크리스티안이 후궁들의 거처를 따로 만들어놓은 것은 그리 보기 좋은 모습은 아니었다.

사람들은 이를 두고 수군수군 말이 많았다. 하지만 최근 거의 무소불위(無所不爲)의 권력을 휘두르고 있는 그의 앞에서 대놓고 뭐라고 할 수 있는 사람은 없었다.

　그런 생각을 하며 걷던 숀이 앞쪽에 하녀로 보이는 아가씨 한 명이 지나가는 것을 발견하곤 얼른 그녀를 불렀다.

　"이것 보시오. 수고가 많소. 우리는 이곳에 계신 마마님들을 위한 물건을 가지고 온 상인들이오."

　"어머, 여기까지 들어오신 것을 보니 평범한 상인들은 아닌 모양이네요. 그런데 왜 절 부르신 거죠?"

　하녀는 평범해 보였지만 꽤나 약아 보였다. 숀은 그녀의 눈동자 깊숙한 곳에 숨어 있는 욕심을 발견할 수 있었다. 그에게는 딱 맞는 먹잇감이다.

　"사실 우리는 이곳에 아는 분이 계시오. 그런데 그분이 어디에 거처하고 있는지를 몰라서 그러는데 좀 알려줄 수 없겠소?"

　"성함이 어떻게 되시는 데요?"

　"위트니요."

　"아, 그분의 거처는 함부로 말해줄 수 없어요. 미안해요."

　"어허, 우리는 그저 그분께 인사만 하고 가려는 거요. 워낙 뵌 지가 오래돼서 궁금해서 말이오. 그리고 아가씨가 그분의 거처를 알려준다고 해도 누가 그것을 알겠소? 다 좋은 게 좋은 거 아니겠소?"

슬쩍.

손은 노련한 솜씨로 그녀의 손에 반짝이는 1골드짜리 금화를 쥐어주었다. 사 인 가족이 한 달은 먹고살 수 있는 돈이다. 그래서인지 그것을 확인한 순간 하녀의 표정이 훨씬 부드러워졌다.

"그럼 나중에 혹시 무슨 일이 생겨도 절대 제가 알려줬다는 말은 하시면 안 돼요?"

"당연하지!"

"저쪽에 보이는 건물이에요. 저곳에는 입구에 따로 경비병이 두 명이나 있으니 그들과도 잘 타협해야 할 거예요. 그럼."

여기까지 말해준 하녀는 손의 손에서 금화를 빼앗듯 낚아채더니 종종걸음으로 사라졌다.

"자, 이제 또 당신 차례요."

"훗, 알았어요."

손이 앞장을 서며 소피아에게 말했다. 그러자 소피아가 심장이 멈출 만큼 매력적인 웃음을 보이며 대답했다. 그러고는 곧바로 위트니 거처로 다가가 경비들에게 말을 걸었다.

"안녕하세요."

"넵! 안, 안녕하십니까, 레이디!"

"호호, 아직 날씨가 더운데 고생이 많으시네요. 여기가 위트니 아가씨의 거처가 맞죠?"

"그, 그렇습니다. 그런데 무슨 일로……?"

단 몇 마디 나누는 사이 벌써 두 경비병의 다리에는 힘이 풀리고 있었다. 다리뿐 아니라 이미 마음의 빗장까지 활짝 열리는 중이다. 그러면서도 자신들의 임무는 잊지 않았는지 간신히 용건을 물었다.

"위트니 아가씨에게 드릴 선물이 있어서요. 이미 왕자 저하께도 허락을 받은 일이니 걱정 말고 안으로 안내해 주시겠어요? 자, 이건 제 신분을 확인해 줄 수 있는 출입증이에요."

"저하께 허락까지 받은 분인데 굳이 이런 것까지 주실 필요는 없습니다. 바로 위트니 아가씨께 방문을 보고해드릴 테니 잠시만 기다려 주십시오."

"고마워요."

찡긋.

"어흐흐, 그, 그럼."

소피아의 윙크 한 방에 경비 한 명이 흐느적거리며 안으로 들어갔다. 그러자 남아 있던 다른 한 명은 고개를 푹 숙인 채 들지를 못했다. 자신에게 너무나도 과분해 보이는 소피아의 얼굴을 차마 대놓고 바라볼 수 없어서이다. 그러는 사이 조금 전에 들어갔던 경비가 다시 나왔다.

"어서 들어오시랍니다!"

"네, 그럼 잠시 후에 다시 뵈어요."

그렇게 간단하게 소피아를 선두로 손의 일행은 안으로 들어갈 수 있었다. 정말 이런 여자가 한 나라를 망하게 만들려면 그것도 그리 힘들지 않을 거라는 생각이 들게 하는 모습이다.

"안녕하세요, 위트니 아가씨."

"네, 안녕하세요. 정말 아름답게 생기신 분이로군요. 어째서 이곳의 경비가 외부인을 출입시킨 것인지 이제야 이해가 되네요. 이번이 처음이거든요. 일단 이쪽으로 와서 앉으시죠."

위트니는 과연 아름다웠다. 어째서 크리스티안이 그녀를 노린 것인지 납득이 되는 순간이다. 하지만 그런 그녀도 소피아가 옆에 앉게 되자 평범해 보일 뿐이었다. 손은 그것을 보며 소피아와 미모를 견줄 수 있는 사람은 파비앙이 유일함을 다시 한 번 깨달을 수 있었다.

"시간이 없으니 요점만 말할게요. 우리는 당신의 아버지가 보낸 사람입니다."

"네에? 그, 그게 정말이세요?"

"쉿!"

끄덕.

아버지라는 소리에 위트니의 언성이 높아지자 소피아가 얼른 손가락을 입에 대며 그런 그녀를 조용히 시켰다. 그러면서 그렇다고 고개를 끄덕여 주었다.

"여기까지 오신 것을 보니 저에게 전할 말씀이라도 있으신 것 같은데… 설마 아버지께 좋지 않은 일이 생긴 것은 아니겠죠?"

"물론 아니오. 우리는 그냥 아가씨를 구해주기 위해 온 것뿐이거든."

이번에는 뒷전에 있던 손이 나서며 대뜸 말했다. 그러자 위트니의 눈이 한껏 커지더니 다급하게 입을 열었다.

"저, 저를 구해주신다고요? 밖에 말도스 공작님의 군대라도 함께 온 건가요?"

"그건 아니오. 그냥 우리와 함께 나가면 되는 거요."

다시 손이 대답하자 위트니의 표정이 급격히 시무룩해졌다. 아직 노인이라고 하기는 좀 그렇지만 어느 모로 보나 힘이 없어 보이는 아저씨가 하는 말이 워낙 어이가 없었기 때문이다.

"여기가 동네 놀이터인 줄 아세요? 지금 우리가 앉아 있는 이곳 주변만 해도 기사들이 수십 명 이상 지키고 있는데다 병사들까지 합치면 백 명도 넘어요. 그리고 간신히 여기를 벗어난다고 해도 이 저택 안에는 무려 삼천 명 이상의 정예병사들이 득실거린다고요. 그런 곳을 당신들만 믿고 나가자는 거예요? 저는 아직 죽기 싫어요. 아니, 아버지 때문이라도 절대 지금은 죽을 수 없다고요!"

"누가 당신을 죽게 둔다고 했소? 털끝 하나 다치지 않고 이곳을 벗어나게 해줄 테니 그냥 내 말이나 잘 듣고 따라나서기나 하시오. 어서 나갈 준비를 서두르시오. 자꾸 시간을 끌게 되면 불리해질 것이니."

"하, 하지만……."

숀이 본래의 모습으로 이런 말을 했다면 바로 따라나섰을지도 모른다. 소피아가 남자들에게 쉽게 어필하듯이 그 역시 여성들에게 그럴 수 있기 때문이다.

그러나 어디로 보아도 중늙은이에 아무런 매력도 없는 그의 말을 믿고 따르기란 그리 쉬운 일이 아니었다.

"이것 봐요, 아가씨. 우리가 이곳에 죽으러 온 것 같아요? 저분의 말씀은 모두 사실이니 어서 그의 말대로 나갈 준비를 서둘러요."

"알, 알겠어요."

결국 소피아가 나선 후에야 위트니는 준비를 서두르기

시작했다.

"별로 가져갈 것은 없어요. 이왕자님께 받은 것은 단 하나도 가져가고 싶지 않거든요. 이제 가요."

"오케이!"

그렇게 숀의 일행과 위트니는 밖으로 향했다.

2

조금 전 친절하게 소피아 일행을 안내한 경비병은 갑자기 그녀가 위트니까지 동행한 채 다시 나타나자 난감한 표정을 지으며 그들을 저지하고 나섰다.

"이, 이것 보시오, 아가씨. 그분은 왜… 캑!"

"당신… 컥!"

하지만 숀의 주먹질 한 번에 그는 물론 그와 함께 있던 다른 경비병까지 그대로 바닥에 뻗고 말았다.

"지금부터 무조건 마차가 있는 쪽으로 달릴 거요. 따라올 수 있겠소?"

"빨리 달릴 자신은 없지만 해볼게요."

위트니는 아버지 때문에 검술은커녕 변변한 운동도 제대로 해보지 못한 아가씨다. 그런 그녀가 이처럼 위급한 상황에서 제대로 달릴 수 있을 리가 없었다. 그 점이 떠오르자 숀은 오만가지 인상을 써대며 결국 그녀의 앞에 쭈그리고 앉았다.

"업히시오. 그게 나을 것 같소."

"하, 하지만⋯⋯."

"우리에게 짐이 될 생각이오? 어서 업히라고!"

"네!"

후다닥.

다 죽어갈 것처럼 생긴 중년인이 갑자기 소리를 버럭 지르자 그 기세에 눌려 위트니는 결국 숀의 등에 업혔다.

"자, 그럼 이제 가자!"

"네!"

숀은 그녀를 업자마자 소리치며 자신이 먼저 뛰었다. 그 뒤를 이어 나이트 홀릭 형제와 소피아가 달렸다. 소피아는 달리는 모습도 어찌나 우아하고 아름다운지 신기할 지경이다.

그리고 마지막으로 뒤를 경계하며 멀린이 따랐다. 여차하면 마법을 날릴 기세였다. 그런데 바로 그때.

땡땡땡땡!

"위트니 아가씨가 납치됐다! 어서 잡아라!"

저택 전체에 정신없이 빠른 종소리가 울려 퍼졌다. 그리고 거의 동시에 숀에게 얻어맞고 쓰러진 경비병들이 소리를 고래고래 지르며 그 뒤를 따라왔다. 그러자 사방에서 완전 무장을 한 병사들과 기사들이 속속 등장하기 시작했다.

"엄마야! 이제 어떻게 해요?"

"어떻게 하기는, 아가씨는 그냥 내 등에서 구경이나 하고 있으면 되오. 이제 곧 마차가 있는 곳에 도착할 거요."

숀의 등에 있던 위트니가 잔뜩 겁을 먹으며 물었다. 어느새 몸도 바들바들 떨고 있다. 그에 비해 숀은 도가 지나칠 정도로 태연했다. 그래서인지 위트니도 묘하게 조금 전보다는 약간 차분해졌다.

"아저씨는 무섭지도 않으세요? 이대로라면 마차에 타기도 전에 잡혀서 죽고 말 거라고요!"

"아까 내가 뭐라고 약속했지?"

"털, 털끝 하나 다치지 않고 이곳을 벗어나게… 해주신다고 했어요."

숀의 질문에 대답하면서도 위트니는 전혀 믿음이 가지 않고 있었다. 그녀가 아무리 검술을 모른다고 하지만 그 어떤 사람도 이런 상황에서 무사히 탈출하기 힘들다는 것쯤은 알 수 있었다.

"저쪽이다! 잡아라!"

"와아아아!"

우르르르!

거기에다가 그녀의 그런 불안감을 증가시키는 일이 벌어졌다. 어느새 저택의 수비병들이 떼로 몰려오고 있는 데다가 다섯 명이나 되는 병사가 위트니를 업고 있는 숀을 덮쳐온 것이다.

슈우욱!

"꺄악!"

"이크, 위험하네."

휘릭~ 샤샤샥!

그들은 모두 숀을 노렸다. 두 명은 검으로 그의 다리를 노렸으며 한 명은 옆구리를, 그리고 나머지 두 명은 목 쪽을 겨냥하고 검을 날렸다. 워낙 완벽해 보이는 합공인지라 그의 등에 업혀 있던 위트니는 놀라서 비명을 질러댔다.

하지만.

"이봐, 나는 지금 적들의 공격보다 아가씨 비명 소리가 더 무서워. 그러니 제발 소리 좀 지르지 말라고. 이러다가 귀라도 먹으면 아가씨가 책임질 거야?"

"어머! 이, 이럴 수가……."

숀은 이렇게 떠들고 있었지만 위트니는 얼마나 놀랐는지 그의 말은 들은 척도 하지 않고 감탄사부터 터뜨렸다. 검이 날아든 순간 눈을 감았다가 뜬 사이, 어느새 그녀의 앞쪽에는 방금 달려들었던 다섯 명의 병사들이 사이좋게 고꾸라져 있었기 때문이다. 아무런 비명 소리도 들려오지 않았는데 이게 어찌 된 노릇일까? 도저히 이해할 수 없는 광경이었다. 그렇지만 계속 의문만 품고 있을 수도 없었다. 이번에는 무려 열 명이나 되는 병사들이 앞을 가로막았기 때문이다. 게다가 이번에는 선두에 기사도 두 명이나 있었다.

그중 오른쪽에 있는 기사가 서슬이 퍼런 얼굴로 손을 노려보며 말했다.

"아가씨, 너무 걱정하지 마십시오. 저희들이 이놈들을 막고 구해드리겠습니다! 영감, 죽고 싶지 않으면 당장 그분을 내려놓아라!"

"내가 왜 머리에 피도 마르지 않은 네 녀석의 말을 들어야 하지?"

기사의 위협에 손은 오히려 유들유들한 말투로 상대방을 약 올렸다. 그 기사의 주변에 늘어서 있는 병사들은 보이지도 않는다는 듯 말이다.

"뭣이라고! 네놈이 정녕 죽고 싶은 게로구나!"

"자신 있으면 죽여 보던가."

"이노옴!"

파팍! 슈우욱!

"엄마야!"

"저, 저럴 수가······!"

너무 화가 치솟다 보니 위트니가 위험할 수 있다는 것조차 잊은 모양이다. 그 기사는 있는 힘껏 땅을 박차고 뛰어올라 슌의 목을 베기 위해 검을 휘둘렀다. 그 기세에 놀란 위트니가 또다시 눈을 질끈 감으며 비명을 질렀지만 이상하게도 그 이후엔 아무런 느낌도 전해지지 않았다. 오히려 기사와 함께 온 병사들 쪽에서 기겁하는 소리만 들려올 뿐이다. 그 때문에 그녀는 다시 눈을 떴는데 아까보다 더 충격적인 장면을 봐야만 했다. 바로 그 기사가 검을 땅바닥에 꽂고 몸은 반쯤 기울어진 상태로 기절해 있는 것이다.

　"바, 방금 무슨 일이 일어난 거죠?"

　"상주님, 이제 장난은 그만하시고 어서 마차로 가시지요. 저자들은 이제 저희들이 맡겠습니다."

　위트니가 너무 놀라 이렇게 물었지만 슌의 대답 대신 뒤에서 따라오던 호위 기사 차림의 사람 중 한 명이 말해왔다. 나이트 홀릭의 첫째 장로다.

　"그럴까? 그럼 먼저 갈 테니 어서 따라오라고."

　"네!"

　"이 미친 자들이! 모두 쳐라!"

　자신들의 존재를 무시하고 이런 대화를 주고받는 것을 보게 되자 저택의 병사들은 화가 난 모양이다. 이처럼 공격 명령과 함께 한꺼번에 달려드는 것을 보니 말이다.

"부상주님과 마법사님도 어서 갑시다."

"네, 상주님."

주변에 듣는 사람이 많아서 그런지 일행은 손을 모두 상주라고 불렀다. 소피아는 부상주 노릇을 하고 말이다. 그러거나 말거나 위트니는 도무지 이 사람들을 이해할 수가 없었다. 아무리 탈출도 좋지만 동료들을 겨우 네 명만 남겨두고 전부 도망치다니 비겁해도 너무 비겁해 보였다. 하지만 그 덕분에 금방 마차에 도착할 수 있었다.

"무사하셨군요, 상주님. 출발 준비는 끝냈으니 어서 마차에 오르십시오."

"알았으니 자네는 우리가 타는 순간 무조건 정문을 향해 달리게."

"네!"

그들을 맞이해 준 사람은 바로 마부였다. 그런데 가만 보니 그냥 일반 마부가 아니었다. 그는 한때 밤그림자 본부에서 훈련대장을 하던 부몬이었다. 가만 보니 이번 작전에는 모두 밤그림자 출신만 동원된 상태였다. 여기에는 손의 또 다른 계산이 깔려 있었다. 그는 조만간 소피아의 원수를 갚아줄 생각이다. 그러기 위해서는 모든 사람에게 밤그림자 출신들의 효용 가치를 다시 한 번 알릴 필요가 있었다. 그래야 그들의 복수에 다들 더욱 적극적으로 참여할 수 있기 때문이다. 참으로 치밀한 손다웠다.

어쨌든 그렇게 손과 위트니, 그리고 소피아와 멀린이 마차에 오르자 부몬은 힘차게 채찍을 내려쳤다.

"끼랴~!"

히이이잉~!

두두두두!!

그러는 가운데도 뒤에 처진 나이트 홀릭 형제가 걱정이 된 위트니가 슬쩍 마차의 창문을 통해 밖을 내다보았다.

"어머나! 저분들 정말 굉장하구나!"

"뭐가?"

그녀가 감탄을 터뜨리자 손이 얼른 물었다.

자꾸 말을 걸어 그녀의 불안감을 조금이라도 해소시켜 주기 위해서다.

"벌써 아까 그 사람들을 모두 때려눕히고 마차 근처에 있는 말에 올라탔어요."

"그게 뭐 대단한 일이라고. 조금만 더 있어봐. 방금 전보다 훨씬 재미있는 일이 일어날 테니."

위트니가 감탄하며 말하자 손이 중늙은이다운 말투로 수수께끼 같은 이야기를 툭 던졌다.

"그건 또 무슨 말씀이세요? 훨씬 재미있는 일은 또 뭐죠?"

"이쪽 창문을 한번 열어봐. 그럼 내 말 뜻을 알 수 있을 테니."

"그쪽 창문을요?"

숀의 말이 떨어지기 무섭게 위트니가 조심스럽게 반대편 창으로 다가갔다. 숀의 바로 옆이다.

그녀는 한쪽 손으로 그의 어깨를 짚고는 다른 한쪽 손으로 창문의 커튼을 살짝 젖혔다. 그러고는 얼른 밖을 내다보았다.

"끼악~! 저, 저, 저기를 보세요! 병사들이 개미 떼처럼 징그럽게 몰려와요!"

"그거 아주 반가운 소리로군. 많이 나타날 것이라고 어느 정도 예상은 했지만 이건 정말 기대 이상이로군. 하하하!"

벌써 마차의 바로 근처까지 실로 헤아릴 수 없을 만큼의 저택 경비병이 따라오고 있었다.

뿐만 아니라 그런 그들의 얼굴에는 치욕과 분노가 떠올라 있었다. 하지만 그런데도 숀은 웃기만 했다. 그것도 매우 통쾌하다는 듯 말이다.

Chapter 07
만행

건들면죽는다

1

손은 일부러 더 많은 병사가 모여들게 했다.

그 이유는 이번 기회에 크리스티안의 힘을 체크해 보기 위해서였다. 물론 그렇다고 자신의 능력을 미리 보여줄 생각은 없었다. 그렇지 않고서도 싸울 수 있는 방법은 많으니까 말이다.

"이봐, 멀린. 뒤에 나이트 흘릭 형제가 따라오나 확인해 봐."

"거의 다 따라붙었습니다. 이제 슬슬 준비를 할까요?"

멀린이 창을 통해 밖을 살펴보니 나이트 흘릭 형제가 뒤에 엄청나게 많은 병사를 달고 미친 듯이 말에 박차를 가하고 있다.

다행히 그들이 타고 있는 말은 매우 비싼 명마인지라 저택 수비병들은 그들을 쉽게 따라잡지 못했다. 그것을 확인하고 멀린이 말했다. 뭔가 미리 세워놓은 작전이 있는 모양이다.

"일단 언제든지 던질 수 있게 할 필요는 있겠지. 하지만 지금은 아니야. 내가 신호할 때까지 기다려."

"알겠습니다."

시간이 흐를수록 위트니는 숀을 다시 볼 수밖에 없었다.

처음에는 그저 나이 많고 별 볼 일 없는 중년 아저씨로만 여겼다. 그러나 이후 그는 아무리 급박하고 위험한 상황이 벌어져도 결코 당황하거나 겁먹지 않았으며 무슨 수를 쓴 것인지는 몰라도 적들을 손쉽게 때려눕혔다. 거기에 그녀가 아직까지 단 한 번도 겪어보지 못한 놀라운 카리스마로 다른 사람들을 리드하고 있었다. 이런 것들은 말은 쉽지만 절대 보통 사람들에게서 발견할 수 있는 종류의 것은 아니었다.

"대체 뭘 하시려는 거죠?"

"우리가 도망치기 위해서 저들을 모두 죽일 수는 없잖아. 안 그래?"

"그, 그야 당연하죠. 그리고 당신들이 아무리 강한 검술을 지니고 있다 한들 어떻게 천 명도 더 될 것 같은 병사들을 죽일 수 있겠어요?"

"충분히 죽일 수는 있다. 단지 저들에게도 가족이 있을 터라 그저 겁만 줄 생각일 뿐."

위트니의 질문에 숀이 어이없는 말을 했다. 이건 그야말로 하룻 고블린이 오우거 떼를 앞에 두고 모조리 죽이겠다고 큰소리치는 꼴이다. 실로 기가 막힐 노릇이었다.

"당신은 정말 허풍이 대단하군요."

"이봐요, 아가씨. 그분의 말은 곧 법이나 마찬가지예요. 그러니 함부로 떠들지 않는 게 좋을 거예요. 괜히 그러다가 나중에 후회할 수도 있으니."

위트니가 숀을 두고 허풍쟁이 취급하는 것이 듣기 싫었는지 내내 조용히 있던 소피아가 결국 한마디 했다. 조용한 어조였지만 그녀의 말 속에는 위트니로 하여금 꼼짝도 할 수 없게 만드는 묘한 힘이 실려 있었다.

'이 사람들, 대체 정체가 뭐지? 아버지께서 이런 사람들을 알고 계신다는 게 정말 신기하네. 처음에는 그저 그런 장사꾼인 줄 알았는데 지금 보니 다들 보통 사람이 절대 아니야. 그렇다고 해도 이곳을 빠져나갈 수는 없겠지만. 하아!'

그 때문에 그녀는 잠시 생각하다가 다시 입을 열었다. 아무리 그래도 할 말은 해야겠다는 생각이 든 것이다.

"죄송해요. 저도 그러고 싶지는 않지만 저분이 워낙 믿기 힘든 말씀만 하셔서요. 솔직히 여기에 계신 분과 지금 따라오는 분까지 모두 합쳐도 열 명이 채 안 돼요. 고작 그 인원으로 천 명이 넘는 병사를 이긴다는 것은 상식적으로 불가능하잖아요."

"저분을 본인의 잣대로 평가하지 마세요. 그렇게 하찮은 분이 아니시거든요."

"아……"

"자자, 그런 이야기는 그만하고 이제 슬슬 준비하자고. 정문을 통과하려면 일단 저들의 속도를 조금 줄여놓아야 할 테니까."

두 사람의 대화가 점점 심각해지자 숀은 얼른 화제를 돌렸다. 하긴 이제 그의 말대로 뭔가를 해야 하는 시점이기도 했다. 곧 정문에 도착할 것이기 때문이다.

"준비 완료됐습니다!"

"그럼 어서 나이트 홀릭 형제에게 신호를 보내게."

멀린이 마차 뒤쪽에서 뭔가를 꺼내 품 안에 안으며 준비 완료를 알렸다. 그러자 숀이 곧바로 명령을 내렸다.

"네! 라이트~!"

두둥실, 퍼펑~ 번쩍!

"신호가 떨어졌다. 모두 있는 힘을 다해 최고 속력을 내라!"

"네!"

두두두두!

순간, 멀린이 손에서 빛의 구를 만들어내더니 그것을 마차 밖으로 쭉 밀어냈다. 그러자 구체는 나이트 홀릭 형제 근처에서 갑자기 강렬한 빛의 폭발을 일으켰다. 겨우 1서클 마법을 좀 더 고차원적으로 응용한 수법이다. 어쨌든 그것을 보자마자 나이트 홀릭 형제의 속도가 배가됐다. 사력을 다한 질주다.

"지금이다! 전부 허공에 띄워라!"

"네! 이얍!"

휙휙휙!

펑펑펑!

그들이 거의 마차 뒤까지 따라붙은 것을 확인한 손이 다음 명령을 내렸다. 동시에 멀린의 품 안에 있던 주먹만 한 물체 다섯 개가 허공으로 날아갔다. 손은 그 물체들이 떠오르자마자 지풍을 쏘아 그것들을 지금 열심히 따라오고 있는 저택의 병사들 쪽으로 날려 보냈다.

그리고 곧 실로 무시무시한 굉음과 함께 엄청난 충격이

전해졌다.

콰콰콰쾅!!

"폭탄이다! 피해라!!"

콰콰쾅!!

"으악!"

히이이잉!

뿐만 아니라 인간과 사람이 함께 비명을 지르며 수도 없이 나동그라졌다. 그런데다가 앞쪽 사람이 말과 함께 쓰러지면 뒤에서 달려오던 자들이 관성을 이기지 못하고 그들을 그냥 덮치는 현상이 이어졌다.

비록 폭탄은 사람들이 거의 없는 쪽에서 터졌지만 이미 저택 안의 넓은 들판은 아수라장으로 화하고 있었다. 폭발로 인한 피해보다 서로 얽히고설켜서 벌어지는 참상이 더 처참했다.

"정문이 보입니다!"

"경비병들이 술을 마신 것 같은가?"

마부 역할을 하고 있던 부몬 대장이 이렇게 외쳤다. 그런데 희한하게도 숀은 이렇게 급박한 상황에서 한가한 질문을 던졌다.

"네, 그런 것 같습니다. 다들 얼굴이 벌건 것 같거든요."

"후후, 그렇다면 내가 나가지."

덜컥!

마차는 여전히 무서운 속도로 달리고 있었지만 손은 태연하게 문을 열더니 갑자기 바닥을 박차고 허공으로 날아올랐다. 그것을 본 위트니가 급히 창문 쪽으로 다가가 잽싸게 밖을 내다보았다.

"헉! 저, 저럴 수가! 저분, 마법사님이신가요? 지금 하늘을 날고 있어요!"

"호호호!"

"크으, 주군을 감히 마법사 따위와 비교하다니… 아가씨도 정신 좀 차려야겠군."

손이 마치 허공에 길이라도 있는 것처럼 공중으로 달려가는 모습을 본 위트니가 입을 딱 벌렸다. 그런데 같이 놀랄 줄 알았던 일행은 오히려 그런 그녀를 보고 비웃는 말이나 늘어놓았다. 정말 미치고 팔딱 뛸 노릇이다.

"말, 말도 안 돼! 저분이 정문 근처에 내려서자 갑자기 경비병들이 전부 쓰러졌어요! 어머머! 문, 문도 저절로 열려요!"

"이제 그만 떠들어요. 당신 때문에 시끄러워서 생각을 할 수가 없잖아요. 내가 아까 그랬죠? 저분에게 그 정도 기적은 아무것도 아니라고요. 그걸 확실하게 인식해야 할 거예요. 그렇지 않으면 자꾸 너무 놀라서 턱이 고장 날 수도 있을 테니까 말이에요. 어서 그 입부터 다물어요."

"하압!"

소피아의 한마디에 위트니는 자신도 모르게 입을 다물고 말았다.

그러면서 그녀는 지금 꿈을 꾸고 있다고 생각했는지 주변의 눈치를 살피며 자신의 허벅지를 힘껏 꼬집었다.

"아야!"

"허허, 이것은 꿈이 아니라 현실이라오. 그러니 그냥 얌전히 앉아 있으시오."

다시 멀린이 말할 때 귀신처럼 손이 다시 마차 안으로 들어왔다.

"다들 약간씩은 취한 상태라 아마 누가 물어보면 내가 엄청난 검술의 고수라고만 하겠지?"

"당연하죠. 맨 정신에 당했다고 해도 다른 사람들에게 인간이 허공을 뛰어다니는 데다가 열 명이 넘는 경비병을 손짓 한 번으로 쓰러뜨렸다는 말은 죽어도 못할 것입니다. 그랬다가는 바로 미친놈 소리와 함께 뭇매를 맞게 될 테니까요."

정문 경비병뿐 아니라 뒤에서 쫓아오던 병사 몇몇도 손이 허공을 뛰어다니는 모습을 보았을 터이다. 하지만 거기서는 거리가 워낙 있는 데다가 여전히 난장판인 상태라 자신이 헛것을 보았다고 치부하고 말 터였다.

숀은 애초부터 이런 것까지 염두에 두고 정문에서 병사들에게 미리 술을 선물한 모양이다. 그래야 긴가민가하면서도 진실을 이야기할 수 없을 테니까.

"좋아, 그럼 이제부터는 구경이나 하면서 신나게 달리기만 하면 되겠군. 크리스티안의 병사들이 아무리 열심히 쫓아온다고 해도 우리 말을 따라오기는 힘들 테니까 말이야."

"그건 제가 보증할게요. 현재 우리 마차를 끌고 있는 말들만 해도 한 마리에 삼백 골드나 주고 산 것이거든요. 대륙에서 가장 빠르고 지구력이 강한 명마 중의 명마죠."

숀의 말에 소피아가 맞장구를 치며 부연 설명까지 했다.

사실 보통의 기마 부대가 타는 말은 마리당 평균 10골드 정도에 거래된다. 1골드가 네 식구의 한 달 치 생활비이니 그것만 해도 싸다고 볼 수는 없었다.

그러나 기사쯤 되면 좀 더 좋은 말을 탄다. 그들은 직책에 따라 약 20골드에서 70골드 정도까지 말 값으로 지불한다.

그것만 해도 눈이 튀어나올 이야기인데 무려 삼백 골드라니, 보통 말의 삼십 배이고 최고급 기사들이 타는 말보다도 네 배 이상 비싼 가격이 아닌가. 위트니는 오늘 정말 여러 가지로 놀라운 일만 겪고 있었다. 하지만 그렇다고 해도 아직 하루가 끝난 것이 아니었다.

2

두두두두!

크리스티안 저택의 정문을 빠져나온 마차는 힘껏 달리고 또 달렸다. 그런데 그러는 동안에도 위트니는 손을 도무지 이해할 수가 없었다.

이쯤이면 뒤를 따라오고 있는 저택의 기사들과 병사들을 한참 따돌렸겠다 싶을 때마다 그가 내리는 명령이 희한했기 때문이다.

"너무 빠른 것 같네. 약간 속도를 줄이시오."

"네, 주군!"

죽어라고 도망치는 지금 속도를 늦추라니 이게 제정신을 가지고 내릴 수 있는 명령이란 말인가. 실로 기가 막히고 코가 막히는 위트니다.

"저기… 아저씨, 지금 우리 도망가는 것 아니었어요?"

"그런데?"

"그런데라니요? 도망가려면 무조건 빨리 달려야지 왜 자꾸 마차의 속도를 늦추라고 명령을 내리시는 건데요?"

결국 그녀는 흥분과 두려움이 뒤섞여서 그런지 아까 소

피아가 한 말을 잊어버리고 결국 숀에게 따지듯 물었다.

"다 이유가 있어서 그런 거니 아가씨는 신경 쓸 것 없소. 멀린, 놈들이 얼마나 따라왔는지 확인해 보아라."

"네, 주군!"

숀은 대충 대꾸해 주고는 바로 멀린을 불러 명령을 내렸다. 그런 모습을 지켜보며 위트니는 죽었다 깨어나도 그의 의도를 알아낼 수 없을 거라는 생각이 들었다. 해서 우선은 더 지켜보기로 결심했다. 어차피 자신이 할 수 있는 일은 그것 말고는 없었다.

"약 1킬로미터 떨어진 곳에서 삼백 명 정도가 따라오고 있습니다. 그리고 한참 더 뒤로 이백 명 정도가 두 번째 그룹을 형성한 채 따라붙고 있는 것 같습니다."

"아직도 오백 명은 따라온다는 이야기로군. 아주 반가운 이야기야. 소피아."

무려 오백 명의 적이 따라오고 있는 상황인데도 숀은 마치 강 건너 불구경하는 사람처럼 이야기했다. 그러다가 갑자기 여자인 위트니가 보아도 이해가가지 않을 만큼 예쁜 여자를 불렀다.

"네, 주군."

"우리가 계획한 장소까지 얼마나 남았지?"

"이런 속도라면 십 분 후쯤에는 도착할 것 같아요."

"후후, 잠시 후면 제대로 몸을 좀 풀 수 있겠네."

숀의 이 한마디에 돌아가는 추세를 지켜만 보던 위트니가 화들짝 놀랐다. 몸을 푼다는 말뜻을 어렴풋이나마 깨달은 모양이다.

"아저씨, 설마… 저들과 또 싸울 생각은 아니겠죠?"

씨익.

결국 위트니는 이렇게 물었고, 숀은 징그러운 썩소를 보이는 것으로 대답을 대신했다.

"맙소사! 이제 정말 죽었구나. 저 아저씨는 제정신이 아닌 게 분명해. 아, 아니, 도망가기도 쉽지 않은데 겨우 이 인원으로 싸우려고 하잖아요. 그래서 저도 모르게 튀어 나온 말이에요."

"누가 뭐래요? 내가 당신이라고 해도 같은 생각을 했을 거예요. 하지만 위트니 양은 말을 꺼내기 전에 좀 더 신중할 필요는 있을 것 같네요. 특히 저분에 관한 이야기를 할 때는 더더욱 말이에요."

"네, 죄송해요."

소피아의 호수처럼 맑고 깊은 눈동자가 자신을 빤히 보며 말하자 위트니는 바짝 얼어붙고 말았다. 이상하게 윽박지르는 것도 아닌데 그녀는 소피아의 묘한 기세에 완전히 눌려 버린 것이다.

"아, 주군, 목적지에 거의 다 온 것 같아요."

"좋았어. 부몬 대장, 공터 중앙에 마차를 세우게."

"알겠습니다! 워워~!"

히이이잉!

위트니에게 주의를 주면서도 밖을 살피고 있던 소피아가 한마디 하자 곧 말의 울음소리가 사방에서 들려오며 마차가 서서히 멈추었다. 가만 보니 그 뒤를 따라오던 나이트홀릭 형제도 거의 동시에 도착한 모양이다.

"아가씨는 이곳에서 꼼짝도 하지 말고 있으시오. 괜히 호기심 때문에 밖으로 나오거나 내다보지 않은 것이 좋을 거요. 알겠소?"

"밖을 보는 것도 안 되는 이유는 뭐죠?"

자신을 위해서 마차 안에 있으라는 것은 그래도 납득할수 있었다. 그러나 보지도 못하게 하는 것은 뭔가 이상했다.

"그건 그냥 아가씨의 정신 건강을 위해서요. 그러니 내말을 듣는 것이 좋을 거요. 자, 그럼."

"치이, 아무튼 쉽게 정이 가는 아저씨는 아니라니까."

이 말 한마디를 남겨 놓고 손이 나가 버리자 위트니는 입술을 삐죽이며 중얼거렸다. 비록 소피아와 미모를 견줄 바는 아니지만 이럴 때 그녀의 모습은 몹시 귀여워 보였다.

만일 그녀가 제대로 애교를 부린다면 소피아와 파비앙에게
도 강력한 경쟁자로 등장할 가능성까지 엿보일 정도이다.

"놈들이 저기 있다! 어서 잡아라!"

"와아아아～!"

두두두두!

바로 그때, 마차 밖 멀리서 외침과 함께 지축이 흔들릴
만큼 엄청난 말발굽 소리가 들려왔다. 어느새 저택의 병사
들이 이곳까지 따라온 모양이다.

"하하하! 오느라고 수고했다! 하지만 지금 당장 돌아가
라! 그렇지 않으면 평생 후회할 일이 벌어질 것이다!"

"미친 새끼! 어서 저놈부터 죽여라!"

"네! 죽어라!"

처음에는 위트니도 어지간하면 밖을 내다보지 않을 심산
이었다. 그러나 그 이상한 아저씨의 황당한 웃음에 이은 이
런 어처구니없는 협박을 듣는 순간 결국 보지 않을 수가 없
었다.

스윽.

"저 아저씨가 죽고 싶어서 환장을 했나. 엄마야! 정말 못
보겠네!"

그러고는 금방 놀란 외침과 함께 두 눈을 가리고 말았다.
손과 그의 일행 쪽으로 수백 명의 병사들이 검과 창을 치켜

든 채 달려드는 것을 보았기 때문이다. 이후 끔찍한 비명 소리가 줄을 이었다.

"크아악!"

"캐액!"

그뿐만이 아니었다. 무시무시한 굉음과 함께 폭발음까지 들려왔다. 여전히 이어지는 절규와 비명.

그리고 실제 밖의 상황은 위트니가 상상한 모습과는 정반대로 진행되고 있었다.

"후후, 이곳에서 우리가 무슨 짓을 하든 믿어줄 사람은 없을 것이다! 그러니 마음껏 적을 유린하라!"

"네, 주군! 형제들아! 나를 따르라!"

"와아아아~!"

숀이 수백 명이 넘는 적에게 포위된 상태에서 말을 하자 가장 먼저 나이트 홀릭 형제가 괴성을 지르며 순식간에 허공 속으로 사라졌다. 숀을 만난 이후 더욱 실력이 늘어난 어쌔신의 능력을 최대치로 발휘하는 순간이다.

슈욱~!

"이봐, 네놈이 감히 우리 주군을 어떻게 해보려고?"

"으헉! 귀, 귀… 캑!"

그들이 사라졌다가 나타날 때마다 어김없이 저택의 병사가 한 명씩 쓰러졌다.

비록 죽이는 것은 아니지만 급소를 때려 쓰러지게 할뿐 더러 당할 때의 공포로 인해 당분간 전투가 불가능한 상태로 만들고 있는 것이다. 게다가 그들은 특히 마차 근처로 다가가는 녀석들은 더욱 가차 없이 눕혀 버렸다.

이번 구조 작전 속에는 크리스티안 왕자의 전력을 약화시키려는 의도가 숨어 있었지만 역시 위트니를 구해내는 것이 주목적인 만큼 당연한 행동이다.

그러나 그런 그들보다 더욱 신이 난 사람은 바로 멀린이었다.

"매직 미사일!"

푸슝! 퍽!

"크악!"

푸슝!

"끄억!"

그는 마법사라면 누구나 사용할 수 있는 마법 미사일을 쉴 새 없이 쏟아내며 거의 1초에 한 명씩 바닥에 쓰러뜨리고 있었다.

만일 그들이 살아남아 누군가에게 이날의 전투를 설명해 보라고 하면 매직 미사일에 당했다고 할 것이 확실했다. 그게 사실이기도 하고 말이다. 그러나 5서클 이상의 마법사가 보았다면 눈이 찢어질 만큼 놀랐을지도 모른다.

그건 그냥 매직 미사일이 아니라 '속사 매직 미사일'이라고 불러야 마땅했기 때문이다. 바로 6서클 마법사만이 구현이 가능한 종류다. 하지만 지금 이 근방에는 불행히도 5서클 이상의 마법사는 없었다. 그들은 마법사의 특성상 지금도 저택 어딘가에 있는 마법 연구소에서 느긋하게 시간을 보내고 있을 터였다. 겨우 열 명도 안 되는 적 때문에 고귀한 마법사 나리들이 움직인다는 것은 말도 안 되는 일이기 때문이다. 누구보다 그런 그들의 습성을 잘 아는 멀린이기에 이처럼 마음껏 속사 매직 미사일을 날리고 있는 것이지만 말이다.

"어머! 아저씨, 무섭게 왜 그래요?"

"헤에, 천, 천사가… 캑!"

멀린이 그렇게 날뛰고 있을 때 소피아는 이날을 통해 죽음의 천사라는 별명을 얻게 되는 활약을 펼치고 있었다.

눈부시게 아름다운 모습으로 나타나서 감탄하는 자들을 깨끗하게 눕혔기 때문이다. 물론 실제로 죽인 것은 아니지만 상대를 죽은 것과 진배없는 전투 불능 상태로 만들었다. 하지만 이 공터에서 가장 신이 난 사람은 누구니 누구니 해도 숀이었다.

"야호! 이거 놀기 딱 좋은데?"

퍽! 퍽퍽퍽! 퍽퍽!

"꼬록!"

"끅!"

그는 저택의 병사들이고 기사들이고 가리지 않고 그저 그들의 머리 위로 뛰어다니기만 했다. 단지 이쪽에서 저쪽 사람의 머리로 뛰어가는 순간, 근처에 있던 자들까지 한 무더기씩 쓰러진다는 것이 문제일 뿐. 그러다가 그게 시들해지면 갑자기 다른 병사를 향해 날아가 그자를 사정없이 두들겨 패기도 했다.

"감히 내 앞에서 검을 휘둘러? 좀 맞자!"

퍼퍼퍼퍽!

"으악!"

한 사람당 열 대씩 때리는데 그 속도가 가히 번개 같았다. 백 명이나 그런 식으로 패서 졸도시키는 데 걸리는 시간이 겨우 오 분에 불과했으니 얼마나 빨랐겠는가.

그리고 그런 그의 만행을 몰래 마차의 창을 통해 보게 된 위트니의 입에 거품을 물게 하고 말았다.

"저, 저 아저씨는 악마였어. 어푸푸!"

Chapter 08

무르익는 음모

건들면죽는다

1

손이 그렇게 오리엘의 딸을 구하고 있을 때, 왕의 처소에
서는 올라가 바짝 긴장하고 있었다.

'이상하네. 크리스티안 왕자의 기세가 전과는 많이 다른
것 같아. 훨씬 강해지고 더욱 음산해졌어. 그 사이 무슨 일
이 있던 모양이구나. 이거 바짝 긴장해야겠는걸.'

바로 문제의 중심인물인 둘째 왕자 크리스티안이 방문했
가 때문이다. 그녀는 그를 벌써 여러 차례 보았지만 오늘은
뭔가 분위기가 평소와 달랐다. 원래부터 그가 강하다는 것
은 알고 있었지만 오늘은 훨씬 더 강한 기세가 물씬 풍기고

있었기 때문이다. 그것도 어둠의 기운을 동반해서 말이다. 그런 점이 어지간해서는 눈썹 하나 까닥하지 않던 욜라를 극도로 긴장시켰다.

"오늘은 기분이 좀 어떠십니까, 아바마마?"

"콜록콜록! 네가 보는 대로다. 오늘은 어쩐 일이냐?"

크리스티안의 방문이 그리 달갑지 않은지 루드리히 2세는 심하게 기침을 하며 퉁명스러운 어조로 대뜸 물었다.

"아들이 아버지를 만나러 오는데 꼭 무슨 이유가 있어야합니까? 그냥 잘 지내시는지 궁금해서 왔습니다. 요즘 증세가 더욱 악화된 것 같다는 말을 들어서요."

"그래서 확인해 보러 온 게냐? 내가 언제 죽을지 말이야."

루드리히 2세의 반응은 매우 냉담했다. 그의 이런 태도는 이미 셋째 왕자 루카스가 음모에 빠져 왕궁에서 쫓겨난이후부터이다.

"아바마마, 그게 무슨 말씀이십니까? 제가 오늘 온 것은 멀리 제국에서 아주 귀한 약초를 구해왔기 때문입니다. 어서 그것을 꺼내라."

"네, 왕자님!"

크리스티안의 명령에 함께 들어온 그의 심복 텐신이 작은 상자 하나를 공손하게 꺼내더니 그것을 테이블 위에 올

러놓았다. 표면에 바로 하늘로 솟아오를 것 같은 레드 드래곤이 정교하게 새겨져 있는 상자이다.

딸깍!

"이것이 전설로만 전해진다는 희대의 약초 '루틴셀'입니다. 그 어떤 병도 단숨에 고칠 수 있다는 만병통치약으로 유명하지요."

"필요 없으니 가지고 나가라!"

"아바마마, 이 약초를 구하기 위해 애를 쓴 제 입장도 좀 생각해 주십시오. 저를 아직 미워하시는 것은 이해합니다만 일단 건강하셔야 혼을 내도 낼 것 아닙니까? 그러니 어서 드십시오."

의외로 크리스티안은 진정성이 느껴지는 투로 말했다.

'어머, 저 사람이 갑자기 왜 저러지? 절대 저런 식으로 말할 사람이 아닌데 이상하네. 사람이 바뀐 것은 아닐 테고. 어휴, 이럴 때 형이 계시면 저자의 의도를 금방 알아낼 수 있을 텐데. 에잇, 더 지켜보면 알겠지.'

욜라도 나이에 비해 워낙 다양한 경험을 한 터라 매우 영리하고 판단력이 빨랐지만 저 능구렁이 같은 크리스티안의 속마음까지 헤아리기에는 역부족이었다.

"으음, 그럼 그곳에 놓고 가거라. 나중에 먹을 테니."

"알겠습니다. 그럼 저는 이만 물러갈 테니 약은 꼭 드셔야 합니다. 어서 일어나셔야지요."

루드리히 2세도 크리스티안의 태도에 마음이 움직였는지 결국은 약을 놓고 나가게 했다. 그 순간 욜라는 크리스티안의 입가에 아주 미세한 선이 그려졌다가 사라지는 것을 발견했다. 그녀가 아니고서는 절대 알아차릴 수 없을 만큼 순식간에 일어난 변화였다.

'저자는 기세만 무서워진 것이 아니라 처세술까지 발전했구나. 폐하께서 저 약을 드시면 큰일 나겠어. 무슨 수를 써서라도 말려야겠다.'

욜라가 이런 각오를 다지는 사이 크리스티안은 텐신과 함께 밖으로 나갔다. 그녀는 모든 감각을 집중해 그들이 멀어지는 것을 확인하고는 재빨리 천장에서 내려왔다. 그러고는 곧바로 왕의 침상으로 다가가 대뜸 물었다.

"저 사람의 말을 믿고 계신 것은 아니겠죠?"

"자네가 보기에는 어떤 것 같은가? 저 녀석이 아주 조금쯤은 양심의 가책을 느끼고 있는 것 같지 않나?"

"절대 아니에요! 조금이라도 그렇게 생각하시면 큰일 납니다, 폐하!"

루드리히 2세의 말에 욜라가 무엄하게도 갑자기 언성을 높였다. 아무리 왕을 위해서 하는 말이라고는 하나 예법에 한참 벗어난 태도이다. 그러나 루드리히 2세는 그런 욜라가

귀엽다는 듯 훈훈한 미소를 지며 다시 입을 열었다.

"어째서 그렇지? 어쨌든 그래도 내 아들 아닌가?"

"아들이라면 절대 아버지를 위험에 빠뜨리지 않겠죠."

"그 녀석이 나를 위험에 빠뜨린다고? 무엇을 보고 자네가 그렇게 말하는 것인지 잘 모르겠군. 말해주겠나?"

비록 오랜 시간 동안 병환으로 누워 있던 사람이라고는 해도 과연 루드리히 2세는 쉽게 읽혀지지 않았다. 그는 재미있는 것을 발견한 개구쟁이처럼 욜라에게 자꾸만 질문을 던졌다.

"그, 그건 그냥 저의 직감이에요. 하지만 저는 제 생각이 옳다는 것을 확신할 수 있습니다."

"흐음, 자네는 목숨을 걸고 그 말에 책임질 수 있나?"

"네, 폐하!"

이건 너무 위험한 대답이었다. 만의 하나라도 크리스티안의 마음이 변한 것이라면 자칫 욜라가 죽을 수도 있는 것이다. 왕과의 약속은 그만큼 무게감이 크기 때문이다.

"좋아, 그럼 내가 이제 무엇을 하면 되는가?"

"그냥 평소대로 행동하시면 될 거예요. 단, 어떤 경우에도 저 약은 절대 드시면 안 됩니다. 형이 오면 어떤 약초인지 알 수 있을 테니 그때까지만 기다려 주세요."

"알겠네. 그렇게 하지. 그런데 우리 손은 언제나 올 것 같

은가?'

슌의 이야기가 나오자 루드리히 2세의 표정이 또다시 달라졌다. 이번에는 만면에 웃음과 자랑스러움, 그리고 기대감이 한껏 떠올랐다.

"아무리 늦어도 사흘 안에는 올 거예요."

"흠, 사흘이라……. 그 정도라면 저 약을 먹지 않고도 충분히 버틸 수 있겠구먼. 그러나 그게 한계일 거야. 만일 더 늦어지게 되면 둘째 녀석의 성화를 견딜 수 없을 테니까."

이미 실권을 빼앗긴 루드리히 2세이다. 비록 아직 충신들이 없는 것은 아니지만 그들은 대부분 때를 기다리며 눈치를 보고 있는 중이다. 그에게 실질적인 힘을 실어 줄 수가 없다는 뜻이다. 그런 이상 크리스티안이 약을 먹으라고 자꾸 압력을 가해 온다면 왕이라고 해도 버티기 힘들 터였다.

"제가 알고 있는 형은 절대 함부로 약속하는 사람이 아니에요. 아무리 늦어도 그때까지는 온다고 했으니 오겠죠. 아니, 무조건 올 겁니다."

"우리 왕손에 대한 믿음이 대단하구나."

"지금까지 늘 그래왔으니까요. 그런 사람이 아니었다면 제가 여기에 있지도 않았을 거고요."

루드리히 2세가 볼 때도 욜라는 절대 범상한 여인이 아니었다. 왕인데도 불구하고 그녀는 자신 앞에서 단 한 번도 기가 죽거나 어려워하는 법이 없었다. 그리고 숨어 있다고는 해도 이 방에 그 누가 왔다 가도 그녀는 겁을 먹거나 두려워하지 않았다. 호흡 한 번 흐트러지는 것을 보지 못할 정도였다. 그건 그만큼 그녀가 오랜 시간에 걸쳐 자신을 억제하는 훈련을 해왔다는 것을 뜻했다. 그리고 그런 사람은 절대 남을 믿지 않는다는 것쯤은 루드리히 2세도 알고 있다. 하지만 숀에 대한 그녀의 믿음은 그야말로 절대적이었다. 그게 그의 마음을 더욱 흡족하게 만들어주었다.

"자네가 우리 숀을 그렇게 믿어주니 내 마음이 다 든든하네그려. 그런데 진도는 어디까지 나갔나?"

"네? 그, 그게 무슨 말씀이신지… 요."

잘 나가다가 갑자기 루드리히 2세가 희한한 질문을 던졌다. 그게 욜라를 당황하게 만들었다.

"우리 숀은 훗날 왕이 될 아이지. 그건 곧 후사를 많이 둬야 한다는 뜻 아니겠나? 그러니까 부끄러워하지 말고 말해보게. 그 녀석과 잤나?"

"네에? 그, 그럴 리가요!"

갑자기 욜라의 얼굴이 새빨개졌다. 천하의 욜라가 말 한마디에 얼굴을 붉히다니 원래 그녀를 아는 사람들이 보았다면 기절할 일이었다.

"그럼 기회가 있을 때 그냥 덮쳐 버리게. 뭐니 뭐니 해도 먼저 먹는 사람이 임자거든."

"풉! 명심할게요."

욜라가 결국 웃음을 터뜨리자 루드리히 2세가 멍한 표정으로 그런 그녀를 쳐다보았다. 그 웃음이 너무나도 맑고 순수하며 귀여웠기 때문이다.

"우리 왕손은 참 복이 많구먼. 아가씨처럼 귀여운 여인을 얻었으니 말이야. 내가 죽기 전에 둘 사이에서 태어나는 증손주를 볼 수 있으면 소원이 없겠네. 어때? 그 정도는 해줄 수 있지?"

"…네, 노력해 볼게요."

다른 사람이 이런 말을 했다면 검을 꺼내 들고 화를 냈을지도 모른다. 그러나 루드리히 2세의 스스럼없는 태도와 진심이 그녀의 마음을 움직였다. 그리고 그녀가 손을 좋아하는 것은 사실이 아니던가.

처음에는 그와 이루어진다는 것이 불가능하다고 여겼는데 궁에 들어온 이후로 그녀에게 막강한 후원자가 생겼다.

2

"눈치채신 것 같은가?"

"제가 보기에는 전혀 모르시는 것 같던데요? 그리고 아까 병색을 보셨잖습니까? 어의(御醫)의 말에 의하면 이제 길어야 석 달을 넘기기 힘들 거라고 하더군요. 그게 좀 짧아진다고 해서 이상하게 생각할 사람은 아무도 없을 것입니다."

왕의 처소에서 나온 크리스티안은 자신의 처소로 돌아가며 텐신에게 질문을 던졌다. 그러자 텐신이 눈알을 굴리며 간사한 목소리로 대답했다.

"으음, 내 비록 아바마마에게 별로 잘한 것은 없는 아들이지만 그렇다고 그분을 내손으로 해치고 싶은 마음은 없다. 그러니 말조심해라."

"죄, 죄송합니다. 저는 그냥……."

"됐다. 일단 안으로 들어가서 형님 쪽 동향이나 보고해라."

"네, 저하!"

크리스티안이 인상을 구기며 한마디 하자 텐신의 얼굴이 새하얘졌다. 그의 성격이 워낙 변화무쌍해서 자칫하다가는 별 잘못을 하지 않고도 크게 벌을 받는 경우가 있기 때문이다.

"충성! 어서 오십시오, 저하!"

"문이나 열게."

"네!"

딸칵!

그러는 사이 크리스티안의 집무실에 도착하자 경비병들이 힘찬 인사와 함께 문을 열었다. 그는 왕성 안에 자신의 저택이 있는데도 이처럼 궁궐에도 개인 집무실을 따로 두고 있었다. 물론 현 국왕인 루드리히 2세가 쓰러진 이후에 만든 방이다.

"요즘 형님이 몹시 바쁜 것 같은데, 그 이유를 알아보았는가?"

"네! 저를 따르고 있는 모든 정보부 요원들을 동원시켜 며칠에 걸쳐 조사했습니다. 그 덕분에 정말 놀라운 정보를 하나 물었습니다."

텐신은 가장 먼저 자신이 얼마나 고생을 했는지부터 슬쩍 이야기했다. 그리고는 끝에서 크리스티안의 관심을 확 끌 만한 이야기를 꺼냈다.

"놀라운 정보? 그게 뭔데?"

"아무래도 바스티안 왕자님께서 외부 세력을 만나고 있는 것 같습니다."

"외부 세력이라고? 무슨 소린지 자세히 말해봐라."

결국 크리스티안의 관심을 끄는 데 제대로 성공한 것 같았다. 그가 앉아 있던 좌석에서 어깨까지 앞으로 내밀며 대뜸 질문하는 것을 보면 말이다.

"워낙 은밀하게 움직여서 자세한 것까지는 파악하지 못했습니다. 그러나 일왕자께서 마르콘 제국의 사람들을 만나고 있는 것을 목격한 자가 있더군요. 그것도 왕성 밖에 있는 은밀한 카페에서 말입니다."

"마르콘 제국 사람들이라고? 그게 틀림없는 사실이냐?"

마르콘 제국의 힘은 칼론 왕국 따위는 비교가 되지 않을 만큼 강하다. 아무리 크리스티안이 피의 사자에게 강력한 힘을 얻었다고는 하나 바스티안이 제국의 협조를 얻는다면 절대 방심할 수 없었다. 그러니 이처럼 놀랄 수밖에 없는 것이다.

"목격자가 한때 제국에서 유학을 한 자라 잘못 볼 리가 없습니다. 게다가 제국에서 온 그자들은 그냥 평범한 귀족이나 기사가 아니라고 하더군요."

"으음, 이 인간이 이제 아예 나라까지 팔아먹으려고 환장했군. 마르콘 제국 놈들이 그렇게 호락호락한 줄 아는 모양이지? 젠장!"

쾅! 콰지직!

흥분했는지 크리스티안이 앞에 있는 책상을 오른 주먹으로 내려쳤다. 그러자 가장 단단한 나무로 만들어져 있는 책상이 그대로 부서져 내렸다. 실로 엄청난 파괴력이다.

"아무래도 그들이 움직이기 전에 뭔가 해야 하지 않을까요? 저하께서도 아시다시피 제국 안에는 검술 실력이 뛰어난 자들이 많습니다. 만일 바스티안 왕자님께서 그들을 끌어들일 때까지 그냥 넋 놓고 기다리기만 했다가는 당할 가능성이 높을 테니까요."

"내가 그까짓 놈들을 두려워할 것 같나?"

넙죽!

"당연히 그럴 일은 없으시겠지요. 하지만 저하를 따르는 저희들은 그 정도 실력자들을 맞상대하기가 쉽지 않을 것입니다. 그러니 부디 헤아려 주시옵소서!"

텐신도 최근 자신이 모시고 있는 크리스티안의 능력이 훨씬 높아졌다는 것을 느끼고 있었다. 그와 더불어 그의 잔혹성과 피를 그리워하는 습성까지 커졌다는 것을 말이다. 그러나 그런 크리스티안을 따르는 무리 가운데는 아주 강한 기사가 거의 없었다. 숫자가 적거나 세력이 약한 것은 아니지만 제국의 기사들을 상대하기에는 확실히 역부족이었다. 텐신은 그 점을 우려하고 있었지만 그렇다고 크리스티안의 심기를 건드리고 싶지는 않은지 아예 바닥에 엎드리며 말했다.

"꼴 보기 싫으니 냉큼 일어나라. 네 녀석이 무엇을 두려워하는지 나도 안다."

"감사합니다."

"하지만 그건 걱정하지 마라. 만일 형님이 진짜로 제국 놈들을 끌어들이면 내가 전부 제거할 생각이니. 그리고 그렇게만 하면 오히려 우리에게 훨씬 더 좋은 기회가 될 것이야."

"더 좋은 기회라고요?"

상대는 제국이다. 아무리 그들이 잘못했다고는 해도 제국의 기사들을 죽여 버리면 문제가 심각해질 수 있었다. 그런데도 오히려 크리스티안은 더 좋은 기회라고 말하고 있으니 텐신이 갸웃거릴 수밖에.

"일단 놈들을 죽이기 전 형님이 그들을 끌어들였다는 사실을 먼저 세상에 알리는 것이다. 그렇게 되면 모든 왕국민들이 분노할뿐더러 형님은 역적죄를 뒤집어쓰게 되겠지. 그런 다음 마치 폐하의 지시인 것처럼 제국 놈들을 죽인다."

"그렇게 하면 일단 제국은 누구의 잘잘못을 떠나서 일단 우리 왕국을 응징하려고 하겠죠. 만일 그런 위기 상황에서 저하께서 그들과 협상에 나서서 제대로 된 평화 조약만 이끌어낼 수 있다면… 왕국은 저절로 저하의 품에 들어올 수 있을 것이고요."

크리스티안의 이야기를 듣던 텐진이 갑자기 뭔가 떠오른

듯 시나리오를 읊었다. 간단하게 요점만 이야기한 것이지만 그 안에는 실로 엄청난 내용이 들어 있다.

"정보부 서열 2위까지 오르더니 이제 자네 머리도 제법 돌아가는군. 맞아. 제국에서 침 흘릴 만한 조건을 내걸어서 그들과 평화협정을 맺는 것은 그리 어렵지 않거든. 워낙 하이에나처럼 닥치는 대로 주워 먹기를 좋아하는 자들이니 말이야. 그러기 위해서는 무조건 형님이 제국에서 파견한 놈들과 결탁했다는 증거를 만들어야 해. 내 말뜻 알겠나?"

"알겠습니다. 정보부의 모든 힘을 동원해서 반드시 그리하겠습니다!"

비록 텐신의 능력이 뛰어나다고 할 수는 없었지만 칼론 왕국의 정보부는 절대 허술한 단체가 아니었다. 그랬기에 바스티안 왕자와 제국의 은밀한 만남도 찾아냈을 터이다. 그런 이상 지금 텐신의 장담은 그냥 장담으로만 끝날 것 같지 않은 이야기다. 그리고 그렇게 될 경우 자칫하면 칼론 왕국에는 피바람이 불어올 수도 있었다. 그것도 제국의 공습으로 말이다. 그건 숀의 입장에서는 일어나서는 안 되는 일이었다. 물론 루드리히 2세나 루카스, 그리고 진심으로 칼론 왕국을 사랑하는 사람들 모두에게 다 해당되는 이야기다.

"그리고 한 가지 더. 아직 루카스와 관련된 세력들은 찾지 못한 게냐? 녀석이 살아 있다는 소문이 도는 것을 보면 분명 뭔가가 있을 것 같은데……."

"그, 그건 지금까지는 파악이 정확히 되지 않아서 보고 드리지 못했습니다. 하지만 정예 요원들이 목숨 걸고 찾고 있으니 조만간 저하를 만족시킬 만한 결과를 가져올 수 있을 것입니다."

진작 죽었다고 믿고 있던 루카스가 살아 있다는 말을 들은 순간 크리스티안은 그를 찾아내는 것은 물론 추종 세력까지 철저하게 찾아내라는 지시를 내린 상태이다. 하지만 어찌 된 노릇인지 막상 찾으려 하니 루카스의 생존 여부도 파악이 되지 않을뿐더러 추종 세력의 흔적까지 감쪽같이 사라져 버렸다. 그게 자꾸만 크리스티안의 신경을 거슬리게 했다.

"내가 두려워하는 사람은 바스티안 형님이 아니다. 그는 내 적수가 될 수 없거든. 그러나 루카스라면 이야기가 달라진다. 녀석이 나타나면 내 휘하에 있는 자들까지 그쪽으로 붙을 가능성이 있으니까 말이야. 그런 이상 그의 행방을 확실하게 확인하기 전까지는 절대로 안심할 수 없다. 만일 죽었다면 시체라도 찾아와야 한다. 알겠나?"

"네, 명심하겠습니다!"

텐신이 자세를 바로 하며 얼른 대답했다. 그러면서 그는 속으로 한숨을 내쉬고 있었다. 말은 쉽지만 루카스의 행방이나 그의 추종 세력을 찾는 일은 그리 만만치가 않아서이다. 하지만 명령이 떨어진 이상 무슨 수를 써서라도 찾아야만 한다. 크리스티안의 상태로 보아 조만간 엄청난 일이 일어날 것이 분명했기 때문이다. 그전에 좀 더 확실한 신임을 얻어야 자신의 미래도 보장될 터였다.

그가 그런 생각을 하고 있는 그때, 갑자기 누군가 미친놈처럼 크리스티안 왕자의 집무실 문을 두드렸다.

쾅쾅쾅!

"왕자 저하! 저하! 기사 발도크입니다!"

"어서 들어오라!"

벌컥!

"충! 큰일 났습니다! 지금 저택에 정체를 알 수 없는 놈들이 나타나 위트니 아가씨를 납치해 갔습니다!"

"뭣이라고!"

벌떡!

어찌나 놀랐는지 크리스티안이 자리에서 일어나며 외쳤다.

Chapter 09

잭슨가

건들면죽는다

1

다그닥 다그닥!

마차가 한가롭게 달리고 있다. 넓은 들판에는 곡식이 익어 황금빛으로 물들어 있고 사방에서는 농부들이 수확의 기쁨을 누리고 있는 중이다.

"구해주셔서 진심으로 감사드려요. 그리고 당신들의 능력을 미처 알아보지 못하고 함부로 대한 것도 사과드릴게요. 죄송합니다."

마차 안에는 숀의 일행이 타고 있었다.

나이트 홀릭 형제는 은밀하게 뒤를 따라오는 중이지만

나머지는 모두 마차를 타고 있었다. 그중 위트니가 자리에서 일어나더니 숀을 향해 정중하게 고개를 숙이며 감사 인사를 건넸다. 매우 진실된 표정이다.

"누구라도 충분히 그럴 수 있소. 그러니 너무 미안해하지 마시오."

"그렇게 말씀해 주셔서 정말 감사해요. 아저씨는 정말 너그러운 분이신 것 같네요."

생긋.

숀이 손사래를 치며 대꾸하자 위트니는 밝게 웃으며 더 고마워했다.

정말 깨물어 주고 싶을 만큼 귀여운 미소다. 어째서 크리스티안이 이 어린 아가씨에게 마음을 빼앗겼는지 이제야 이해가 되었다.

"아, 이런, 내가 깜빡하고 아직도 변장을 풀지 않고 있었네. 이봐요, 아가씨. 나는 그렇게 늙은 아저씨가 아니라오. 그러니 앞으로는 다른 호칭으로 불러주시오."

"네? 그건 또 무슨 말씀이시죠?"

"아, 잠시만 기다려 보시오."

휙~

숀은 얼른 등을 돌리더니 신체 변용술을 풀었다. 그러고는 다시 위트니를 바라보며 한마디 툭 던졌다.

"이게 진짜 내 모습이거든."

"엄마야! 귀, 귀, 귀신?"

주춤주춤.

어찌나 놀랐는지 그녀는 뒤로 슬금슬금 물러나며 손의 모습을 몇 번이고 다시 쳐다보았다.

오십 대 중늙은이에서 이십 대 초반의 젊고 잘생긴 오빠로 변해 버렸으니 그럴 수밖에.

"호호, 귀신이 아니라 짓궂은 우리 주군이에요. 워낙 능력이 특출한 분이시라 장난치는 것을 좋아하거든요. 그러니 너무 무서워할 필요 없어요."

"내 이름은 손이라고 해. 본모습을 밝혔으니 그냥 말도 놓을게. 앞으로 오빠라고 불러도 괜찮아."

위트니가 생각 이상으로 놀라자 소피아가 나서서 그런 그녀를 진정시켰다.

그러자 손도 얼른 만면에 웃음을 띠며 파격적인 조건을 제시했다. 하고 많은 호칭 중에 하필 오빠라니. 소피아의 표정이 야릇해지는 것도 당연했다.

"그, 그 모습이 원래 모습이 맞는 거죠?"

"맞아."

"다행이에요. 그럼 앞으로 오라버니라고 부를게요. 잘 부탁드려요, 손 오라버니. 헤헤."

분위기가 차분해지자 점점 더 위트니의 매력이 커지는 것 같다. 특히 그녀의 밝은 얼굴에서 뿜어져 나오는 귀여움과 깜찍한 몸짓은 그 어떤 남자라도 무장 해제를 시킬 수 있을 만큼 대단했다. 게다가 오라버니라니, 손이 넋을 놓고 침을 흘리는 것도 다 이유가 있었다.

"주군, 이제 앞으로 어떻게 하실 거죠? 크리스티안 왕자가 길길이 날뛸 게 분명한데요!"

"하지만 당장 어쩌지는 못할 거야. 우리 정체를 알지 못하니 말이야. 그리고 조만간 그의 최측근이라고 할 수 있는 잭슨 백작가가 전쟁에 휘말리면 그쪽에 신경 쓰느라 엄청 바빠질걸."

보다 못한 소피아가 손을 크게 부르며 화제를 다른 쪽으로 돌렸다. 어차피 논의해야 하는 이야기이기도 했다.

"그, 그럼 정말 잭슨 백작가를 치실 생각이십니까?"

"내가 언제 한 입으로 두말한 적이 있던가?"

"없습니다!"

"그럼 이제부터는 어떤 식으로 정보를 수집해야 할지 거기에 더욱 집중하도록."

"네, 주군!"

어떨 때 보면 맹해 보이기도 하고 또 어떨 때 보면 엉큼한 것 같기도 하지만 위트니는 소피아와 이런 이야기를 나누는 손을 바라보며 그가 매우 냉정하고 사리 분별이 확실한 사람이라는 것을 느낄 수 있었다.

'상상을 초월한 검술 실력은 물론, 단번에 분위기를 주도할 줄 아는 카리스마, 그리고 약간은 얼빵해 보이는 허점까지… 정말 내가 내내 존재할 수 없는 이상이라고 생각하던 남자와 정확하게 일치하잖아. 어떻게 이런 사람이 존재할 수가 있는 거지? 그래, 맞아. 바로 이 사람이야말로 그동안 내가 꿈속에서 그리던 백마 탄 왕자님이 분명해. 절대로 놓쳐서는 안 되는 그런 꿈속의 왕자님 말이야. 호호!'

기껏 구해주었더니 엉뚱하게 흑심을 품는 위트니다. 하긴 그 어떤 여자라고 해도 숀을 만나게 되면 마음이 쏠리는 것은 당연한 일인지도 모른다. 그는 갈수록 더욱 무서운 매력을 쏟아내고 있으니 말이다.

"주군, 말도스 공작가의 영토 안에 들어섰습니다. 이제 어디로 모실까요?"

"신전으로 가자."

"알겠습니다! 이럇!

히이이잉!

위트니가 혼자 꿈을 꾸고 있을 때 마차를 몰던 부몬이 목적지를 물었다. 지금 상황이 상황인 만큼 곧바로 말도스 공작가로 가기에는 무리가 있다고 판단한 모양이다. 아무리 따라오는 자들이 없고 또 성 안의 첩자들을 색출해 냈다고는 해도 사람들의 이목을 끌어서 좋을 일은 없을 터였다. 솔은 애초부터 그 점까지 생각했는지 금방 목적지를 정해주었다.

"공작의 성이라 그런지 신전 규모도 어마어마하구나."

"어서 오십시오. 저는 이곳에서 잡무를 맡고 있는 사제 트일로라고 합니다. 각하의 지시로 여러분을 안내해드리기 위해 왔습니다."

신전에 들어서자 입구 근처에 트일로라는 사제가 미리 대기하고 있었다. 그는 솔의 일행을 발견하자마자 재빨리 다가오더니 말을 건넸다.

"그 어서 앞장서시지요."

"네, 이쪽으로 가시면 됩니다. 저를 따라오십시오."

사제는 솔의 일행을 이끌고 신전의 지하로 내려갔다. 지하에는 비밀 통로가 있었는데 놀랍게도 수로와 연결되어 있었다.

"배에 오르시지요."

"어머나, 신전 안에 이런 곳이 다 있었다니… 정말 신기하네요."

배는 그리 크지 않았지만 생각보다 안정감이 있어서 일행은 배로 이동하는 데 전혀 불편함을 느끼지 못했다. 그러는 사이 어느덧 바깥쪽으로 나오게 되었다. 솔이 뒤를 바라보니 그들이 나온 곳은 상당히 큰 동굴이었음을 알 수 있었다. 오로지 물로만 연결되어 있어서 배를 이용하지 않고서는 절대로 신전 안으로 들어갈 수 없는 구조다.

"종교 탄압이 심하던 시절에 만든 탈출로입니다. 지금도 이 동굴이 신전까지 이어져 있다는 것을 아는 사람은 극히 드물지요. 자, 이제 다 왔습니다."

"어서 오십시오! 오시느라 고생하셨습니다!"

"이런, 공작께서 직접 나와 계실 줄은 정말 몰랐네요. 이거 황송할 지경입니다."

배는 신전에서 무려 5킬로미터 이상 떨어져 있는 곳에서 멈추어 섰다. 공작의 성 내부를 휘감아 도는 수로를 따라 흘러온 모양이다. 그리고 그곳에는 놀랍게도 말도스 공작이 나와 있었다. 얼핏 보면 그럴 수도 있겠다 싶겠지만 이런 공작의 태도에는 실로 중요한 내막이 숨어 있었다. 일국의 공작이 직접 영접을 나가야 하는 대상은 통상 국왕에게만 국한되어 있기 때문이다. 숀도 그 점을 알고 있었기에 예의상 말한 것이다. 그러나 그의 모습 그 어디에도 진짜로 미안해하거나 황송해하는 면은 보이지 않았다. 오히려 태도만 놓고 보면 당연하다는 듯 자연스럽기만 했다. 그게 말도스 공작의 감탄을 더욱 자아내게 했다.

'허허, 과연 이분이야말로 앞으로 우리 칼론 왕국을 이끌어갈 진정한 주군이 되실 분이다. 과거 선대 폐하의 당당함보다 출중한 모습이시라니……. 이건 절대적으로 타고난 기품일 수밖에 없다. 휴우, 앞길이 험난하기는 하지만 이분을 따라야 하는 것이 나의 숙명이겠구나.'

칼론 왕국의 역사상 위대한 왕으로 손꼽히는 이 중 한 명이 바로 루드리히 1세다. 그는 현재 국왕의 아버지이며 말도스 공작에게 왕국의 미래를 부탁한 사람이기도 하다. 공작은 손을 바로 그 루드리히 1세와 비교하고 있었다. 자신의 평생에서는 그가 가장 뛰어난 인물이었기 때문이다.

"위, 위트니……."

"아버지!"

와락!

그런 생각에 잠겨 있을 때 공작보다 조금 뒤쪽에 서 있던 기사 오리엘이 마침내 딸을 발견하곤 떨리는 목소리로 그녀의 이름을 불렀다. 그러자 위트니가 큰 목소리로 그를 부르며 미친 듯이 달려가 그의 품에 안겼다. 감격스러운 부녀 상봉이다.

"저하, 앞으로 이 한 몸, 손 저하를 위해 바치겠나이다! 무엇이든 시켜만 주십시오!"

"저하… 라고요? 맙소사!"

어느 정도 감정이 정리되자 오리엘이 손의 앞에 공손히

한쪽 무릎을 꿇으며 충성을 맹세했다. 이 부분은 아무래도 말도스 공작과도 미리 이야기가 되어 있던 모양이다. 그리고 그 누구보다 놀란 사람은 바로 위트니였다. 그녀는 이제야 자신이 이곳으로 오면서 오빠로 삼은 사람이 왕손임을 깨닫게 된 것이다.

2

한 번 마음먹은 일은 무조건 하는 손이다. 망설이는 법도 없으며 실패할 일도 없다. 그게 멀린이 알고 있는 손의 방식이다.

모처럼 다시 테우신 영지로 돌아온 손은 각료들을 모두 소집해 놓고 잭슨 백작을 치기 위한 회의를 열었다.

"가장 중요한 것은 잭슨 백작을 치기 위한 명목입니다. 그것도 표면적으로는 철저하게 크롤 백작이나 렌탈 남작님과의 갈등으로 보여야겠지요. 그래야 크리스티안 왕자가 나의 존재를 눈치채지 못할 테니까요."

"이미 그에 대한 모든 정보는 수집이 끝난 상태입니다. 그건 꽤 오랜 시간에 걸쳐 지속되어 왔지요. 때문에 그가 가지고 있는 약점은 전부 파악해 놓은 상태입니다. 그것을 이용하면 충분히 그를 옭아맬 수 있지 않을까요?"

숀의 말에 소피아가 기다렸다는 듯 대답했다. 하긴 그녀에게는 원수이니 그 누구보다 조사를 많이 해왔을 것이다. 숀도 그 정도는 미리 예상하고 있었다. 사실 그가 소피아의 복수를 도와주려는 것은 사실이지만 최대한 그녀 자신의 힘으로 이룰 수 있게 해주고 싶었다.

"좋은 지적입니다. 적을 알고 나를 알면 백번을 싸운다 해도 질 일이 없지요. 이 점을 모두 명심하기 바랍니다."

"네, 주군!"

"좋습니다. 그럼 지금부터 세부적인 작전을 세워봅시다."

이미 많은 것을 생각해 둔 숀이지만 그는 모두의 의견을 수렴하고자 했다. 그게 그의 전생과 가장 많이 달라진 점이다. 과거에는 모든 일을 오로지 혼자 다 해결했지만 지금은 이처럼 측근의 의사를 중요시했다. 그건 그가 이제 함께 어우러지며 살아가는 법을 깨달았다는 뜻이다. 그렇게 모두는 본격적으로 잭슨 백작을 몰락시키기 위해 각종 의견을 내놓기 시작했다.

"휴우, 벌써 날이 어두워져 버렸군."

"고생하셨어요, 주군. 그런데 아직도 결론이 나지 않아서 어떻게 한대요?"

아침에 시작한 회의가 벌써 저녁 7시가 넘었는데도 결론
이 나지 않은 상태이다. 그사이 간식을 식사 대신으로 하며
회의에 몰두했지만 다들 지치기만 했지 성과는 미미했다.
그중 숀은 여럿의 의견을 조율하면서 자신의 생각을 첨가
해 가며 진행을 해야 했기에 더욱 시달렸다. 그래서인지 이
제 제법 차가워진 가을밤의 바람을 맞으며 숀이 말을 꺼내
자 어느새 그의 곁으로 다가온 소피아가 가만히 그의 손을
잡으며 위로했다.

"고생은 무슨… 이제부터 더 시달리게 될지도 모르는데.
뭔가 답이 나올 법도 한데 마음에 딱 드는 작전이 떠오르질
않아 답답하오. 휴우."

"그러게 말이에요. 이럴 때 도움이 되어드리지 못해서 죄
송해요. 철저하게 조사를 하기는 했지만 역시 잭슨이라는
자가 워낙 여우같아서 만만치 않은 것 같아요. 크리스티안
왕자의 눈치를 봐야 해서 더 그렇기는 하지만요."

"당신이 옆에 있는 것만으로도 내게는 정말 큰 도움이 되
고 있소. 없었으면 벌써 말 많은 사람들 틈에서 지쳐 쓰러
졌을 거요. 곁에 있어줘서 고맙소."

숀은 소피아가 조금이라도 자책감을 가질까 봐 위로해
주었다. 그것이 그녀의 기분을 붕 뜨게 만들었다. 자신이
그의 여자임을 새삼 느낄 수 있어서 그런지도 모른다.

"그렇게 말씀해 주셔서 제가 더 고마워요. 주군은 알면 알수록 더 괜찮은 분이신 것 같아요."

"그건 내가 할 말이오. 당신이야말로 알면 알수록 더 내 마음을 타오르게 하거든. 얼굴이 예쁜 여자는 머리가 나쁘다던데 당신은 그 누구보다 현명하니 말이오."

두 사람은 서로가 서로를 칭찬하며 조금이나마 회의에서 받은 스트레스를 해소시키고 있었다. 특히 이번 일의 원인 제공자라고 할 수 있는 소피아는 더욱 그랬다.

"그래 봤자 오늘은 아무 소용이 없었는걸요. 이럴 때 주군의 마음에 쏙 드는 의견을 내놓을 수 있으면 좋으련만. 차라리 제가 주군을 만나기 전에 생각한 방법을 써볼까 하는 마음이 굴뚝같을 정도예요. 저 때문에 고민하고 계신 모든 분에게 너무 미안해서 말이에요."

"어떤 방법을 계획했는지 말해줄 수 없소? 혹시 그 안에 뭔가 쓸 만한 것이 있을지도 모르니 말이오."

소피아의 말에 숀의 눈빛이 약간 달라졌다. 순간적으로 어떤 힌트가 있을지도 모른다는 예감이 든 탓이다.

"별로 대단한 계획은 아니에요. 당시 저는 밤그림자라는 세력 말고는 아무것도 없었잖아요. 주군께서도 아시다시피 저희들이 비록 인원과 돈은 많아도 백작가와 싸울 수 있을 만큼 강력한 힘이 있는 것은 아니었죠. 그랬기에 수도 없이 절망을 겪을 수밖에 없었어요. 그러다가 문득 깨달았어요. 이런 식으로 가다가는 평생이 걸려도 절대 복수를 할 수 없다는 것을 말이에요."

"어린 소녀가 감당하기에는 너무 큰 짐이었을 거요."

소피아의 이야기 도중 숀은 슬쩍 끼어들었다. 그녀의 감정이 격해지는 것 같아 조금이라도 가라앉혀 주기 위해서였다.

"맞아요. 저에게는 정말 엄청난 시련이었죠. 그래서 결국 생각해 낸 방법이 바로 암살이었어요. 제가 가지고 있는 것 중에 가장 큰 무기가 바로 얼굴이라는 것을 막 깨달은 시기였거든요. 그자에게 접근해 일단 유혹할 수만 있으면 분명 죽일 수 있는 기회를 잡을 수 있다고 확신했죠. 물론 그건 결국 마지막 수단으로 남겨두긴 했지만요."

"정말 잘한 결정이었소. 그때 그런 무모한 행동을 했다면 내 어찌 그대를 만날 수 있었겠소? 그대의 미모면 세상에 유혹하지 못할 남자는 없겠지만 말… 가만, 그대의 미모라……. 그렇지! 드디어 좋은 방법이 떠올랐소! 과연 그대는 천재요! 하하하!"

와락!

갑자기 숀이 소피아를 끌어안고 번쩍 들어 올리며 미친 놈처럼 웃기 시작했다. 하루 종일 끙끙거리며 고민해 오던 문제가 풀린 모양이다. 그러나 소피아는 그런 그의 품에 안겨서도 아직은 얼떨떨한 표정이다. 아무리 생각해 봐도 그가 무엇을 찾아낸 것인지 전혀 알 수 없어서 더 그랬다.

"저기… 주군, 사, 사람들이 봐요, 우선 저 좀 내려주세요."

"내가 내 여자를 안겠다는데 본다 한들 무슨 상관이오? 몹시 부러워하기는 하겠지만 말이오. 하하!"

이 한마디에 소피아의 얼굴이 새빨개지고 말았다. 실제로 이들 근처에는 여러 사람이 나와 있었다. 당연한 것이 이곳은 바로 회의장 밖에 있는 휴식 공간이기 때문이다. 두 사람뿐 아니라 다른 측근들도 골머리가 아프기는 매한가지 아니겠는가. 그랬기에 비록 거리는 제법 떨어져 있었지만 숀의 흥분한 목소리에 모두의 시선이 집중되어 있는 상태였다. 그러니 그녀가 어찌 부끄럽지 않겠는가.

"어떤 방법인지 저에게도 말씀해 주시면 안 될까요? 정말 궁금하거든요."

"그렇게 복잡한 것은 아니라오. 단지 그대의 말에서 문득 떠오른 것이 있었거든. 물론 이 방법은 오로지 나만이 쓸 수 있다는 단점이 있기는 하지만 가끔은 재미를 위해서도 해볼 만하기는 하오."

"그렇게 말씀하시니 더 답답해요! 지금 저를 약 올리시는 거죠?"

그녀가 큰 목소리로 이렇게 한마디 하자 안 보는 척하면서 내내 이쪽에만 관심을 두고 있던 측근들이 일제히 고개를 끄덕였다. 그들도 답답한 것은 매한가지인 모양이다.

"여기서 이럴 것이 아니라 일단 모두 들어갑시다. 어서 마무리하고 다들 가서 쉬어야 할 것 아니오. 거기 계신 분들도 모두 회의장으로 들어가시오!"

"네, 주군!"

후다닥!

그 한마디에 렌탈 남작을 선두로 나와 있던 모든 사람들이 잽싸게 안으로 들어갔다. 그러고는 모두 언제 그랬냐는 듯 바른 자세로 자신의 자리에 앉아 숀이 들어오기를 기다렸다.

"드디어 가장 좋은 방법을 찾았습니다."

"그게 무엇입니까?"

그는 들어서자마자 대뜸 말문을 열었다. 그러자 렌탈 남작이 얼른 되물었다.

"그건 바로 잭슨 백작을 함정에 빠뜨리는 것입니다. 일단 빠지면 절대 헤어 나올 수 없는 그런 함정이지요. 그렇게만 되면 우리는 정당한 명분도 얻을 수 있습니다. 그야말로 간단하지만 완벽한 방법이라고 할 수 있지요."

"죄송합니다만 주군, 조금 더 구체적으로 설명해 주실 수는 없을까요? 저희들이 우둔해서 아직 무슨 말씀이신지 잘 모르겠습니다."

또다시 모든 이들을 대표해서 렌탈 남작이 질문을 던졌다. 숀의 말이 워낙 뜬금없어서이다. 핵심은 빼놓고 자꾸만 결론부터 이야기하니 그럴 수밖에.

"아, 이런, 내가 너무 흥분해서 진짜 중요한 이야기는 하지 않았군요. 그럼 지금부터 설명해 줄 테니 잘 들어보십시오. 작전은 아주 간단하거든요."

이렇게 시작된 숀의 이야기는 실로 황당했다. 특히 렌탈 남작의 표정은 가관이 아닐 정도로 변화무쌍했다. 하지만 결론 즈음에 이르자 모두의 얼굴에는 경악과 더불어 커다란 미소가 떠오르고 있었다. 대체 숀은 무슨 짓을 하려는 것일까? 아직은 알 수 없었다.

Chapter 10

납치?

건들면죽는다

1

어느덧 나이가 육십에 가까워진 잭슨 백작은 요즘 행복했다. 그는 원래 보잘것없는 남작가의 아들이었다. 하지만 스스로의 노력에 의해 지금은 최고 귀족이라고 할 수 있는 백작이 된 데다 칼론 왕국에서 가장 세금이 많이 걷히는 영지를 소유하고 있었다. 뿐만 아니라 처가 둘이고 첩이 넷이나 된다. 한마디로 아쉬울 것이 별로 없다는 뜻이다. 그러나 어찌 행복하지 않겠는가. 이제 그에게 유일한 소망이 있다면 그것은 자신이 적극 지지하고 있는 크리스티안 왕자가 왕위에 오르는 것이었다.

"여봐라!"

"네, 각하!"

"오늘 날씨가 좋으니 사냥을 나가야겠다! 준비하라!"

"알겠습니다!"

그는 오늘도 아침부터 명령을 내렸다. 사실 그가 사냥을 나간다는 것엔 여러 가지 뜻이 숨어 있었다. 하나는 진짜 동물의 피를 본 다음 먹기 위해서다. 그는 동물의 생식이 남자에게 힘을 준다고 믿는 사람이었다. 그리고 그게 정말 인지 그는 요즘도 여자만 보면 사족을 못 썼다. 그게 사냥 을 나가는 두 번째 이유다. 처첩이 모두 다섯이나 되는데도 사냥 길에 나가 평민이나 천민의 딸을 골라서 그녀들의 순 결을 빼앗곤 했다.

사실 본인은 행복하겠지만 그의 영지민들 눈에 비친 잭 슨 백작은 악덕 영주의 표본이라고 할 수 있었다. 세금을 악랄하게 걷는 것은 물론 이처럼 자신들의 딸까지 희생당 하고 있으니 말이다. 그들이 힘이 없어서 그렇지 기회만 온 다면 찢어 죽이고 싶을 정도이다.

"저쪽이다! 저기에 투스카(사슴의 일종)가 보인다! 어서 몰아와라!"

"네, 각하!"

영주민들이 그러거나 말거나 잭슨 백작은 오늘도 사냥에

열을 올리기 시작했다. 그가 짐승을 향해 활을 쏘고 있기는
했지만 그건 그야말로 장난에 불과했다. 모든 짐승은 그와
함께 사냥에 나선 기사들이 몰아와서 그의 앞에 바치는 것
이나 마찬가지이기 때문이다.

"지금입니다!"

"좋았어! 죽어라!"

쐐에에엑~ 콰직!

끼야아악~!

바로 코앞에 있는 투스카를 맞추는 것은 바보라도 할 수
있을 터였다.

잭슨 백작은 잔인하고 욕심은 많아도 바보는 아닌지라
오늘도 불쌍한 투스카 한 마리를 잡을 수 있었다.

"자! 이제 마을로 가서 투스카 잔치를 열자!"

"와아아아! 백작님 만세!"

기사들과 병사들의 환호를 들으며 잭슨은 기세등등하게
마을로 향했다. 그런데 바로 그때.

두두두두!

"엄마야! 거기 비켜요! 위험해요!"

"저런, 저 아가씨가 지금 무엇을 하는 게냐?"

갑자기 그들 곁으로 젊어 보이는 여행복 차림의 아가씨
한 명이 미친 듯이 질주해 지나갔다.

"아무래도 말이 갑자기 무언가에 놀란 것 같습니다."

"그럼 어서 가서 도와주고 아가씨를 이리 데려오도록 하라."

"네, 각하!"

그가 사내였다면 절대 도와줄 일이 없겠지만 여자라면 환장을 하는 잭슨의 눈에 스친 사람은 분명 어린 아가씨였다. 그것도 눈이 번쩍 뜨일 만큼 아름다운 모습이었다.

아주 짧은 시간이었지만 그런 확신이 들었기에 잭슨은 얼른 자신의 호위 기사에게 명령을 내렸다.

그리고 잠시 후.

다그닥 다그닥!

"아가씨를 모셔왔습니다."

"안녕하세요, 잭슨 백작님. 이렇게 예고도 없이 인사를 드리게 되어 정말 죄송합니다. 저는 이 인근을 여행하던 파비앙이라고 해요. 조금 전에 갑자기 말이 벌에 쏘이는 바람에 실수를 했네요. 부디 용서해 주세요."

호위 기사와 함께 나타난 사람은 놀랍게도 파비앙이었다. 그녀는 이곳에 있는 모든 사내들의 심장을 덜컥 내려앉게 만들 만한 미소를 지으며 잭슨 백작에게 사과했다.

주르륵.

"츄릅! 어험험! 그대 이름이 파비앙이라고?"

"네, 백작님."

"그래, 어디서 왔는고? 집안은 어디이고?"

그러자 잭슨은 입가에 침을 흘리다가 얼른 정신을 추스르며 질문했다. 그 역시 파비앙의 미모에 혼이 빠진 게 분명했다.

"저는 시골 영지에서 살다가 이번에 아버지를 따라 테우신 영지까지 올라오게 되었습니다. 저의 아버지 성함은 렌탈입니다. 남작이지요."

"자네가 렌탈 남작의 딸이라고? 어허, 그 사람에게 이렇게 아름다운 딸이 있었는지 미처 몰랐군그래."

"저희 아버지를 잘 아십니까?"

파비앙이 귀족가의 여식이라는 것이 밝혀지자 어쩐지 백작의 얼굴에 언뜻 진한 아쉬움이 내비쳤다.

평민이라면 잡아서 무슨 짓을 하든 별 탈이 없겠지만 아무리 남작이라고는 해도 귀족가의 여식이라면 이야기가 조금 달라진다. 최소한 부모에게 통보를 하고 기본 절차 정도는 밟아야 하기 때문이다.

'내 여자로 만들려면 조금 귀찮기는 하겠지만 이 정도 미모라면 그 어떤 대가도 치를 만하겠어. 내 생전에 이런 미녀를 만나게 될 줄이야. 흐흐흐.'

그는 속으로 생각하며 매우 흡족해했다.

아무리 귀족이고 또 최근 제법 세력을 불려서 유명세를

얻고 있는 렌탈이라고는 하지만 그의 눈으로 볼 때는 그저 그런 애송이일 뿐이었다. 자신이 입김만 세게 불어도 날아 갈 수 있는 그런 애송이 말이다.

때문에 적당한 거래 조건만 내걸면 이 예쁜 소녀를 자신 의 또 하나의 부인으로 맞이하는 데는 별 무리가 없을 것 같았다. 그러니 즐거울 수밖에.

"잘 알다 뿐이겠니. 오래전에 함께 루카스 왕자님을 모시 던 사이란다. 그분이 갑자기 돌아가시는 바람에 한동안 연 락도 못하고 지내기는 했지만… 아무튼 이런 곳에서 그대 를 만난 것을 보니 이것도 인연인 것 같구먼. 자, 일단 우리 성으로 가는 것이 어떨까?"

"말씀은 감사하지만 그것은 조금 곤란해요. 아까 벌에 쏘 인 말이 날뛰는 바람에 저만 일행에게서 떨어진 상태거든 요. 기다렸다가 그들과 합류해야 하니 백작님께서는 하던 일을 마저 하세요. 괜히 제가 방해를 한 것 같아 너무 죄송 하거든요."

역시 귀족가의 딸들은 호락호락하지 않은 편이다. 매사 에 이유가 많으니 말이다. 하지만 그렇다고 대뜸 잡아갈 수 도 없다. 그녀의 말대로 인근에 일행이 있으면 그의 소행임 을 금방 유추할 수 있기 때문이다.

백작의 자리를 오래 유지하려면 귀족들 사이의 평판을

완전히 무시할 수는 없는 법. 그는 일단 참으며 일행까지 성으로 초대할 궁리를 하였다.

"그럼 이곳에서 같이 기다리겠네. 그래도 명색이 옛 동료의 여식을 만났는데 그냥 두고 갈 수야 없지. 자네 동료들이 오면 모두 함께 내 성으로 가도록 하세. 내 거하게 한상 차려줄 테니."

"어머나! 그, 그게 정말이세요?"

"내가 설마 자네처럼 어린 아가씨에게 거짓말을 하겠는가. 테우신 영지에서 여기까지 온 거라면 그동안 쌓인 여독도 만만치 않을 게야. 성이 마음에 들면 며칠 쉬었다 가도 괜찮네. 내 섭섭지 않게 대접해 줄 생각이거든. 허허."

마치 성인군자와 같은 표정을 지으며 잭슨 백작이 말했다. 그러자 그를 보좌하고 있는 기사들과 병사들의 표정이 야릇해졌다. 마치 못 들을 소리를 들은 사람들처럼 떨떠름해 보였다. 파비앙도 그것을 발견할 수 있었지만 어쩐 일인지 별다른 생각은 하지 않았다.

"잭슨 백작님은 정말 멋지고 너그러운 분이셨군요. 저희 아버지께서 이렇게 좋은 분과 인연이 있었다니 정말 행운인 것 같아요. 호의를 베풀어주셔서 진심으로 감사드려요."

꾸벅.

"렌탈 남작이 딸 교육을 잘 시켰구먼. 이렇게 예의가 바른 것을 보니 말이야. 게다가 마치 하늘나라 천사가 내려온 것처럼 어여쁘기까지 하니 평소 자랑깨나 하겠어."

날렵해 보이는 여행자 복장을 하고 있는 파비앙의 모습은 실로 눈부셨다.

그녀는 만개하기 직전의 꽃처럼 신비하면서도 아름다웠으며 검술을 익힌 후부터 발육 상태가 좋아져서인지 몸매 또한 터질 것처럼 풍만해져 있었다.

그러니 어떤 사내가 그녀 앞에서 감히 버틸 수 있겠는가. 모르긴 몰라도 이곳에 있는 사내들은 오늘부터 상사병에 걸릴 것이 분명했다.

그만큼 그녀의 미모는 치명적이었다.

두두두두!

"아가씨~!"

"어머! 드디어 제가 있는 곳을 찾았네요. 여기예요!"

그런데 바로 그때, 마침내 파비앙의 일행이 그녀를 찾아왔다.

선두에는 과거 병사였다가 기사로 승진한 하인리와 크누센이 있고 역시 같은 병사였다가 기사로 올라선 자가 다섯이나 더 뒤를 따르고 있었다. 이들은 바로 파비앙의 직속 수하들인 무적 기사단원이었다.

히이이이잉~!

"아가씨, 무사하신 겁니까?"

"여기 계신 잭슨 백작님 덕분에 무사할 수 있었어요. 어서 인사부터 드리세요."

그들은 이상하게도 그녀를 단장이라 부르지 않고 그냥 아가씨라고 했다. 그것도 매우 연약한 소녀를 대하는 태도로 말이다.

그러면서 그녀와 눈을 마주치며 슬쩍 미소까지 내 보였다. 하지만 잭슨 백작과 그의 휘하들은 그런 것은 전혀 모른 채 그들을 성으로 데려가기 위해 앞장을 섰다.

2

처음에 파비앙과 그녀의 일행은 아주 순순히 잭슨 백작 뒤를 따라갔다. 워낙 천진난만한 표정으로 재잘거리며 말을 달리고 있어서 잭슨 백작까지 행복감에 젖어들 정도였다.

그런데 이상한 조짐은 성이 점점 더 가까워지면서 아주 약간씩 일어나기 시작했다.

"와~ 역시 백작님의 성이라 그런지 영지도 크고 성의 규모도 엄청나네요. 그런데 성 안에 시장도 있나요?"

"당연하지. 시장 규모를 보면 아마 더 놀랄걸?"

"어머! 그럼 저도 구경시켜 주시면 안 될까요? 그렇게 큰 시장은 본 적이 없거든요."

시작은 파비앙의 이런 질문에서 비롯되었다.

사실 잭슨의 입장에서는 시장이고 나발이고 얼른 성으로 들어가서 그녀와 술부터 한잔하고 싶었다. 그러다가 분위기가 무르익으면…….

아무튼 그런 엉큼한 생각을 하던 중에 이런 제안을 받으니 그리 즐겁지는 않았다. 하지만 그렇다고 이렇게 어리고 예쁜 아가씨의 청을 거절할 수도 없었다.

"모두 방향을 시장으로 돌려라!"

"네, 각하!"

두두두두!

결국 행렬은 성문을 통과하자마자 곧장 시장으로 향했다.

잭슨 백작의 자랑이 아니라도 실제 이곳 시장의 규모는 일대에서 가장 컸다. 그래서인지 평소에도 늘 사람이 많을 뿐더러 인근 영지의 상인들도 모여들 정도였다.

그게 백작의 주머니를 더욱 채워주고 있었다.

아무튼 그렇게 파비앙은 자신의 뜻대로 모든 일행과 함께 시장에 도착할 수 있었다. 그런데.

"앗! 지금이다! 어서 도망쳐요!"

"네, 아가씨! 모두 아가씨를 보호하며 동쪽 성문으로 달려라!"

두두두두!

갑자기 파비앙이 사람들이 잔뜩 모여 있는 시장 어귀에서 큰 목소리로 외치며 냅다 말을 달리기 시작했다. 그러자 동시에 그녀를 수행하던 기사들도 맞장구를 치며 함께 따라나섰다.

"뭐, 뭐지? 이봐~ 파비앙! 거기 서라!"

"어떻게 할까요? 그녀를 잡아올까요?"

휘익~ 퍽!

"컥!"

"당연한 것을 왜 묻고 지랄이야! 당장 그년이나 잡아와!"

"네!"

파비앙이 갑자기 도망가자 잭슨 백작은 크게 당황했다. 워낙 순순히 따라오던 터라 이런 일이 벌어질 것이라고는 전혀 예측하지 못했다.

사람들이 워낙 많아 모든 이목이 집중된 상태였지만 그는 그런 것은 신경도 쓰지 않고 노골적으로 파비앙을 잡아오도록 지시했다.

"다들 나를 따르고 기사 돌프는 지금 바로 뿔피리를 불어 모든 성문을 닫도록 하라!"

"알겠습니다!"

사냥터에서부터 잭슨 백작의 명령을 수행하던 호위 기사가 대장이었던 모양이다. 그는 놀라운 속도로 파비앙의 뒤를 따라가며 다른 기사들에게 명령을 내렸다.

뿌우우우~!

그리고 곧 뿔피리가 울렸으며, 동시에 잭슨 백작가의 성문이 모두 닫히기 시작했다.

"이런! 동쪽 성문이 닫힙니다!"

"그럼 서쪽으로 가요!"

두두두두!

이미 수많은 눈이 열심히 도주하고 있는 파비앙 일행을 주시하고 있었다. 그런 그들의 눈동자 속에는 대부분 안타까움과 연민의 감정이 담겨 있었다. 마치 자신의 여동생이나 딸이 잡히기 직전이라도 되는 듯 감정 이입이 된 것 같았다. 그만큼 잭슨에게 당한 자들이 많다는 뜻이리라. 하지만 그런 감정은 파비앙의 도주에 아무런 도움도 되어주지 못했다. 성을 오가는 사람들은 많았지만 그에 못지않게 병사들도 많았기 때문이다. 괜히 잭슨 백작에게 찍힌 여자를 도와주었다가 병사들에게 발각되었다가는 자신들까지 큰화를 당할 수 있지 않겠는가.

"각하의 명령이오! 어서 거기 멈추시오!"

"우리는 지금 바쁜 일이 생겨서 그러니 어서 성문이나 여세요! 왕국에는 엄연히 법이 존재하거늘 어찌하여 귀족가의 여식을 함부로 잡으려 하는 거죠?"

그러는 사이 어느덧 파비앙 일행의 주변까지 잭슨 영지군이 에워쌌다. 그들이 백작의 명령 운운하며 다가오자 파비앙이 엄한 목소리로 항의했다.

"당신들이 바쁜 일이 있는지는 우린 모르겠고, 어서 각하께 갑시다! 만일 반항한다면 우리 검이 얼마나 잔인한지 그것부터 확인하게 될 것이오!"

"크흑! 파비앙 아가씨……."

이미 사방 어디를 보나 잭슨 성의 영지군뿐이다. 갑자기 등에 날개가 돋아나지 않고서는 도망갈 길이 전혀 없다는 뜻이다. 뿐만 아니라 이미 그녀를 수행하던 기사들의 목에는 적의 검이 닿아 있었다. 그것을 발견하는 순간, 결국 파비앙도 말고삐를 잡아당기던 손에서 힘을 빼고 말았다.

"반항하지 않고 순순히 따라갈 테니 우리 기사들을 겨누고 있는 검을 내려주세요. 그렇지 않으면 이 자리에서 죽는 한이 있어도 한 발자국도 움직이지 않을 것입니다."

"그들의 검을 전부 회수하고 검을 거두어라!"

"알겠습니다!"

만일 파비앙의 몸에 조금이라도 이상이 생기면 당장 자신들부터 죽을 것이 뻔했다. 그걸 알기에 호위대장은 얼른 그녀의 말에 따랐다. 물론 상대의 검을 압수해 위험부터 제거한 다음에 말이다.

"보시는 대로 검은 치웠소. 그러니 이제 저희와 함께 갑시다."

"좋아요. 그럼 이제 앞장서세요."

"고삐를 이리 주시오. 아가씨의 말도 내가 끌고 가겠소."

"여기 있어요."

이미 도망갈 곳이 없어서 그런지 파비앙은 이후 호위대장이 시키는 대로 순순히 따랐다. 그 모습을 모두 지켜보던 사람들은 그들이 그곳에서 자리를 뜨자마자 수군거리기 시작했다.

"방금 이름 들었어?"

"응, 분명 파비앙 아가씨라고 했어. 그런데 어디선가 들어본 이름 같지 않아?"

"나도 들어본 것 같기는 한데, 그게 지금 무슨 도움이 되겠어? 벌써 그 늑대보다 무서운 영주님께 끌려갔는데."

"그래도 귀족가의 따님 같은데 그쪽에서 알게 되면 뭔가 조치를 취할 수도 있잖아."

그들은 방금 전 영지군에게 잡혀간 예쁜 아가씨 이야기

를 나누며 한탄했다. 한 가지 다행이라면 그들 모두 잡힌 사람의 이름을 정확히 들었다는 점이다. 바로 파비앙이라는 것을 말이다.

"내 너를 좋게 대해주었거늘 왜 갑자기 도망을 친 것이냐?"

"빨리 성으로 돌아가야 한다는 것을 깜빡했거든요. 원래 이번 여행 자체가 아버지께 허락을 받고 나온 것이 아니라서 더 그래요. 각하께는 죄송하지만 일단 갔다가 다음에 다시 정식으로 방문할 테니 오늘은 이만 보내주세요."

파비앙은 최대한 예의를 갖추며 양해를 구했다. 하지만 이미 그녀의 미모에 넘어간 그가 그리 호락호락 보내줄 리가 없었다.

"렌탈 남작에게는 내가 잘 이야기할 테니 그런 걱정은 하지 말고 일단 성 안으로 들어가자. 내 오늘 너를 위해 성대하게 연회를 베풀 생각이다. 무엇들 하느냐! 어서 아가씨를 성으로 모셔라!"

"네, 각하!"

이거야말로 막무가내다. 하긴 백작쯤 되는 사람이 남작에게 이야기를 하면 어지간한 것은 그냥 무난히 넘어갈 수 있다. 그러나 아무리 그래도 자신의 딸이 걸려 있는 문제라면 상황은 달라지게 마련이다. 그것을 알면서도 잭슨 백작은 수하들에게 파비앙을 성으로 데려가게 했다. 이것은 초대가 아니라 납치라고 할 만했다.

"각하, 이것은 너무한 처사가 아닌지요? 제가 이곳에서 죄를 지은 것도 아닌데 이런 법이 어디 있습니까?"

"자네는 이미 나에게 거짓말을 했다. 분명 시장에 갔다가 성으로 간다고 해서 나는 내 귀한 시간을 할애해 주었지. 그런데 이제 와서 갑자기 돌아간다는 게 말이 된다고 생각하느냐? 내가 네 친구도 아니거늘."

권력이 이래서 무서운 모양이다. 겨우 자신의 시간을 조금 빼앗았다고 사람을 잡아가려고 하다니 파비앙의 입장에서는 그야말로 날벼락 같은 이야기였다.

"본의 아니게 하늘같으신 분의 시간을 빼앗게 되어서 정말 죄송합니다. 저의 아버지와 잘 아는 분이라는 말씀에 제가 너무 편하게 생각해서 빚어진 실수이오니 용서해 주세요."

"내가 너를 잡아먹기라도 할까 봐 이러는 게냐? 나는 그저 함께 성 안으로 가서 식사나 같이하면서 너희 가문과 좀 더 친분을 맺고 싶을 뿐이다. 그러니 나머지 이야기는 가서 하자꾸나. 어서 더 빨리 달려라!"

"네! 끼랴~!"

백작이 타고 있는 것은 일종의 사냥용 수레다. 두 사람이

탈 수 있는 종류인데 한사람은 말을 몰고 다른 한 사람은 서서 활을 쏠 수 있는 구조였다.

잭슨 백작은 말을 몰고 있던 자에게 큰 소리로 지시를 내렸다. 그러자 무서운 속도로 앞으로 달려 나가기 시작했다. 물론 그 뒤를 따르던 무리도 속도를 낼 수밖에 없었고, 그에 따라 파비앙도 그렇게 끌려갔다.

그녀는 이미 잭슨 백작이라는 무서운 권력자에게 잡힌 가련한 한 마리 나비에 불과했다.

Chapter 11

교묘한 함정

건들면죽는다

1

　희한하게도 렌탈 남작의 딸이 납치되었다는 소문이 삽시간에 퍼져 나가기 시작했다. 그녀가 성으로 잡혀 들어간 지불과 이틀 만에 왕성 주변은 물론 왕국 이곳저곳까지 그 소문은 발 빠르게 번져 나가고 있었다. 게다가 이어서 들려오는 소식에 의하면 그녀가 잭슨 백작의 수청을 거절해서 지금은 감옥에 갇혀서 큰 고초를 겪고 있다고 했다. 하지만 실제는 그와 좀 많이 달랐다.

　"아이참, 이게 사람 먹으라고 주는 음식이야? 당장 제대로 된 음식을 가져오지 못해! 내가 사람이지 짐승이냐고!"

"아이고, 귀청 떨어지겠네! 이봐요, 아가씨! 제발 좀 그만 하십시오! 여기는 감옥이지 여관이 아니라고요! 아시겠어요?"

어느 모로 보나 참하고 아름다운데다 고상하던 그녀다. 그러나 지금 감옥 안에 있는 여인은 모습은 여전히 파비앙 이었지만 완전히 다른 사람이 되어 있는 것 같았다.

그 바람에 간수들만 죽을 맛이었다. 비록 잭슨 백작의 노여움을 사 갇혀 있기는 하지만 그녀는 누가 봐도 백작의 후처가 될 가능성이 농후했다. 그랬기에 함부로 대할 수가 없었다.

윗분들의 대화를 슬쩍 들어보니 그녀가 감옥에 갇히게 된 사연도 기막혔다. 술자리에서 감히 백작의 얼굴에 술을 뿌렸다는 것이다.

다른 사람이 그랬다면 백 퍼센트 사형이지만 잭슨은 차마 그녀를 죽일 수는 없었던 모양이다. 그렇다고 그녀를 강제로 범하지도 않았다. 그녀의 너무도 순수한 얼굴 때문에 그런 짓까지 하고 싶지 않았던 모양이다

해서 그는 그녀를 감옥 안에 가둬두고 그녀가 겁이 나거나 힘들어서 자신에게 매달리게끔 하려는 작전을 세웠고, 지금 시행 중이었다. 이제 겨우 하루 반나절이 지났을 뿐이라 아직은 버티겠지만 절대 오래가지 않아 항복하리라는

것이 백작의 예상이었다.

"그래서 이따위를 먹으라고? 됐어! 난 안 먹을 테니 당신들이나 실컷 먹어!"

휙~ 땡그랑!

"진짜 너무하시네. 알았으니 기다리쇼. 젠장!"

결국 간수는 식사를 다시 준비해 주었다. 그러나 이번에도 역시 파비앙은 식사를 거부하며 쟁반을 엎어버렸고, 결국 굶을 수밖에 없었다.

그런데 모두가 잠든 새벽 두시쯤, 침상에 누워 있던 그녀가 슬며시 일어났다.

그러더니 갑자기 식겁할 일이 벌어졌다.

그녀의 몸이 흐물흐물해지더니 마치 젤리처럼 변하는 것이 아닌가.

그 희한한 젤리는 감옥의 벽에 조그맣게 뚫려 있는 창을 통해 스멀스멀 기어 올라갔다. 그러더니 순식간에 좁은 쇠창살 틈으로 나가 버렸다.

꾸물꾸물, 팟!

"푸우! 변신 놀이라… 이거 은근히 재미있는데?"

그런데 더 놀라운 일은 그 젤리가 밖으로 나간 후 일어났다.

그것이 다시 인간의 형체를 이루는데 파비앙이 아닌 손

의 모습으로 나타난 것이다.

그랬다. 애초부터 이곳에 파비앙이 올 리가 없었다.

그녀는 아직 점령지 가운데 하나인 짐머만 영지를 안정화시키느라 정신없는 상황이기 때문이다.

숀은 잭슨 백작을 치기 위한 작전을 수립하기 위해 회의를 하던 날 소피아와 대화를 나누다가 미모라는 단어를 듣고는 파비앙의 모습을 이용한 작전을 생각해 낼 수 있었다.

잭슨 백작으로 하여금 파비앙을 납치하게 한다는 것이 그것이다. 바로 명분을 얻기 위해서다.

"차라리 제가 나서는 것이 낫지 않을까요?"

"당신은 잭슨 백작이 알아볼 수 있는 가능성이 있어서 안 되오. 그러니 그건 나에게 맡겨주시오."

당시 숀은 소피아에게 이렇게 말하고 나서 곧바로 파비앙으로 변해 측근들을 모두 까무러치게 만들었다. 남자가 완벽하게 여자로 변신하는 것은 듣도 보도 못한 기사(奇事)였기 때문이다.

파비앙은 그 흔한 사교 모임에도 나간 적이 없었기에 잭슨 백작을 함정에 빠지게 하는 데 적격이었다.

하지만 그렇다고 해서 그녀를 직접 이런 작전에 투입시

킬 수는 없었다. 그랬기에 손이 신체 변환술에 사황의 수법을 뒤섞어서 이처럼 완벽하게 파비앙이 될 수 있었던 것이다.

"지금쯤이면 다들 내가 지시한 장소에 도착했겠지? 어쨌든 딸이 납치되었으니 구하러 오는 것은 당연하잖아. 전쟁을 시작하는 데 이보다 더 좋은 명분이 세상에 어디 또 있겠냐고. 큭큭큭, 어서 가보자."

팟! 슈욱~ 핑!

손은 이렇게 중얼거리며 땅을 박차고 허공으로 떠오르더니 마치 쏘아낸 화살처럼 무서운 속도로 사라져 버렸다. 간수들이 순찰하는 시간 전까지는 돌아와야 했기에 서두르는 것이다.

"저기로군."

팟!

빛살처럼 빠른 속도로 약 십 분 정도 날아가자 어둠 속에 잔뜩 모여 있는 막사들이 보였다.

말이 십 분이지 거리로는 무려 이백 킬로미터가 넘는다. 그야말로 번개와 맞먹는 속도다.

그런 가운데에도 손은 한눈에 그들이 바로 렌탈 남작과 크롤 백작이 이끌고 온 아군임을 확인하고는 그중 렌탈 남작의 기척을 탐지하다가 갑자기 지상으로 떨어져 내렸다.

"아직 안 자고 계셨군요?"

"헉! 주, 주군, 갑자기 들어오셔서 깜짝 놀랐습니다. 어서 앉으시지요. 다른 사람들을 불러오겠습니다."

과연 손은 그 많은 막사 중에서도 렌탈 남작이 쉬고 있는 곳을 정확히 찾아냈다. 자다가 일어난 렌탈의 입장에서는 심장이 주저앉을 만큼 놀랄 일이었다. 하지만 얼른 정신을 추스르며 말했다.

"아니, 그럴 시간 없으니 제 말을 잘 들으세요."

"네, 말씀하십시오. 경청하겠습니다."

아무리 군기가 바로 잡혀 있어도 이 시간에 제장을 소집하려면 최소 십 분 이상 걸릴 게 뻔했다. 그랬기에 손은 얼른 렌탈 남작을 만류했다.

"지금 소피아 작전 대장과 상단 사람들이 왕국 전체에 소문을 내고 있는 중입니다. 그러니 행군을 할 때 들르게 되는 마을마다 그 점을 강조하셔야 합니다."

"아, 무슨 말씀이신지 알겠습니다. 정당한 명분으로 민심을 얻으라는 것이지요?"

"바로 그겁니다. 아마 사람들은 딸을 잃은 부모의 마음을 충분히 이해할 것입니다. 이게 이번 작전의 가장 중요한 포인트라고 할 수 있지요. 일단 민심을 얻은 다음 잭슨 백작을 공격하면 아무리 크리스티안 왕자라고 해도 지원병을 보내지 못할 테지요. 그랬다가는 민심을 잃을 것이고, 그건 곧 바스티안 왕자와의 힘의 균형에 문제가 생긴다는 뜻이 니까요."

얼핏 보면 겨우 여자를 이용한 한심하고도 뻔한 작전 같 았지만 가만 보니 그 안에는 이처럼 교묘한 복선이 깔려 있 었다.

크리스티안의 최측근인 잭슨 백작을 응징해도 별다른 걱 정을 하지 않아도 될 정도이니 말이다.

"정말 주군의 치밀함은 놀랍습니다. 그 짧은 시간에 이처 럼 완벽한 계획을 생각해 내시다니요. 아무튼 알겠습니다. 저희가 지나가는 마을의 민심은 무조건 저희 쪽으로 향하 도록 만들겠습니다. 반드시요!"

"남작님만 믿겠습니다. 그럼 내일 밤에 다시 오겠습니 다. 너무 자리를 오래 비워두면 놈들이 눈치챌 수도 있으니 까요."

"네, 부디 몸조심하십시오."

"그럼 이만."

휙~ 팟!

귀신처럼 나타나더니 사라질 때도 마찬가지였다. 렌탈 남작은 배웅을 하려고 했지만 어느새 그의 모습이 보이지 않았다.

"휴우, 정말 알면 알수록 대단한 분이셔. 그나저나 저런 분이 루카스 왕자님의 아드님이니 우리 왕국의 미래가 정말 기대되네. 거기다가 우리 파비앙과 잘되고 있는 것 같으니… 으흐흐."

렌탈 남작은 절대 속물근성이 강한 인물이 아니다. 그러나 그도 사람인지라 딸에게 저렇게 멋지고 완벽한 신랑감이 나타났으니 기쁘지 않을 리 없었다.

아무튼 그가 그렇게 활짝 웃으며 내일을 위해 다시 잠자리에 들 때쯤 숀은 어느새 다시 잭슨 백작의 성 앞에 도착했다.

"후우~ 또 파비앙의 모습으로 움직여야 하니 몸을 좀 풀고 들어가야겠구나."

휙휙~ 휙~

그는 괜히 달밤에 체조를 시작했다. 물론 이런 것을 안 한다고 해도 지장을 받을 그는 아니다.

그러나 기분 상 여자로 변해 있는 것이 유쾌한 일은 아닌지라 일부러 시간을 끌기 위해 이러고 있는 것이다.

그렇게 약 십 분 정도 지났을까 싶을 때.

"이런, 아직 조금 더 남은 것 같은데 벌써 이놈들이 순찰을 돌기 시작하네. 젠장! 서둘러야겠구나."

그의 무지막지하게 예민한 감각에 감옥 안에서 순찰을

도는 자들의 기척이 잡혔다. 이곳에서 무려 1킬로미터 이상이나 떨어져 있는데도 말이다.

슈우욱~ 찰싹! 흐물흐물.

그는 또다시 허공을 가로질러 날아가더니 감옥 벽에 달라붙어 나올 때처럼 젤리 모양으로 변해 버렸다. 그러고는 곧 벽을 타기 시작했다.

스멀스멀, 꼼지락꼼지락.

여러 가지로 고생을 많이 하는 손이었다.

그래서인지 그는 쇠창살 안으로 들어가며 아주 작은 목소리로 중얼거렸다.

"빌어먹을 잭슨 자식, 넌 이제 죽었어."

2

두두두두!

지축을 울리며 엄청난 부대가 이동하고 있다.

총 숫자는 약 이천오백여 명에 불과했지만 그들은 전원이 말을 타고 있었고, 그 뒤로 대형 마차가 스무 대나 따라붙고 있었다. 바로 손의 군대 중 기마대와 공성 무기 부대다.

"파비앙 아가씨로 알고 있던 사람이 갑자기 주군으로 돌

변하면 잭슨 백작이 얼마나 놀랄까요? 저는 그 장면이 가장 보고 싶습니다. 하하하!"

"그건 솔직히 나도 그렇다네. 아마 모르긴 몰라도 바지에 오줌을 지리지 않을까 싶네만."

선두에서 렌탈 남작과 나란히 달리고 있던 크롤 백작이 신나게 웃으며 말을 던졌다. 그러자 렌탈 남작도 덩달아 맞장구를 쳤다.

"두 분 지금 무슨 이야기를 나누고 계신 거예요? 저에 관한 이야기죠?"

"딸, 딸 왔냐?"

"파, 파비앙 아가씨……."

그런데 그때 갑자기 뒤쪽에 있던 말 한 마리가 치고 나오더니 뾰족한 목소리로 물었다.

왠지 화가 난 것 같은 얼굴을 하고 있는 파비앙이었다.

이번 작전을 성공하려면 무엇보다 기동력과 소수 정예부대가 필수적이다. 때문에 그녀와 무적 기사단도 공격 직전에 집머만 영지에서 나와 공격 부대와 합류해 있는 상태였다.

하지만 그녀는 아직 이번 작전의 정확한 내용은 모르고 있었다. 단지 자신이 잭슨 백작에게 잡혀 있다는 소문은 들은 터라 뭔가 이상하다는 생각은 하고 있었다. 그럴 때 크롤 백작과 렌탈 남작이 자신의 이름을 거론하자 바로 관심이 쏠릴 수밖에 없었다.

"두 분 다 왜 그렇게 더듬는 거죠? 저에게 숨기는 이야기라도 있는 건가요?"

"그게 실은……."

워낙 다들 실력이 있는 기사들이라 그런지 말을 타고 달리면서도 이야기를 잘도 나누었다.

특히 파비앙은 자신과 관련된 주제라 그런지 단 한 마디도 놓치지 않고 있었다.

"뭐라고요! 주군께서 저로 변장하고 지금 잭슨 백작의 성 안에 잡혀 있다고요? 맙소사!"

"그, 그게 말이다, 원래는 소피아 대장이 그 일을 맡으려고 했는데 잭슨 백작이 얼굴을 알아볼 가능성이 있다고 무산되었거든. 그런데 그 빌어먹을 잭슨 백작 놈이 꼴에 여자 보는 눈은 또 엄청 높다고 하더라고."

"아무리 그래도 그렇지, 하늘같으신 주군께서 여장을 하고 그런 인간에게 붙잡히게 하시다니요! 거기에다 제 모습으로 변장을 하셨다면 저에 대한 신비감이 그만큼 사라진다는 이야기잖아요! 난 몰라요! 아앙!"

결국 파비앙이 울음을 터뜨리고 말았다. 최근 들어 단 한 번도 약한 모습을 보이지 않던 그녀지만 슌이 자신에 대해 조금이라도 흥미를 잃을까 봐 크게 걱정되는 모양이다.

하긴 그녀가 아무리 강해도 여자이니 당연한 일인지도.

"파비앙아, 울지 마라. 그분은 우리 보통 사람들과는 모든 면에서 다르시잖아. 겨우 이런 일로 너에 대한 애정이 식을 리 없다는 말이다."

"그건 저도 남작님 말씀에 동감이에요. 오히려 더 많이 좋아하게 될걸요?"

"소피아 언니!"

렌탈 남작이 진땀을 빼며 파비앙을 달래주려고 할 때 소피아가 응원군으로 나섰다.

알고 보면 두 여자는 한 남자를 사랑하는 경쟁자이지만 누구보다 서로를 잘 이해하고 있었다. 그래서인지 흥분해 있던 파비앙이 그녀의 한마디에 약간은 고분고분해 진 것 같았다.

"우리 주군께서는 저 때문에 그런 고생도 마다하지 않으신 거예요. 잭슨 백작은 바로 나의 아버지를 음모에 빠뜨려 돌아가시게 한 원수거든요. 어떻게 그것을 알게 되서 다짜고짜 잭슨부터 치려고 결심하신 거죠."

"정말 그분다운 결정이로군요. 알겠어요. 언니가 말씀을 해주서서 이제 그분의 마음을 알 것 같아요. 고마워요."

속이 좁은 여자 같았으면 더 화를 낼 수 있는 내용이다.

그러나 파비앙은 오히려 소피아의 솔직한 이야기 덕분에 완전히 이성을 되찾았다. 실로 보기 좋은 장면이다.

"자, 이제 이 언덕만 넘으면 '쉴링' 마을이다! 바로 잭슨 영지의 초입이라고 할 수 있지!"

"아, 저기에 미리 정찰을 나가신 멀린 마법사님이 오고 계십니다!"

미리 지도를 통해 인근 지형을 파악해 놓았는지 렌탈 남작이 모두를 향해 큰 목소리로 말했다. 그런데 그와 동시에 렌탈 남작의 심복이라고 할 수 있는 기사대장 벡스가 외쳤다. 그러자 모두의 시선이 언덕 쪽으로 향했다.

히이이잉~!

"어서들 오십시오."

"고생이 많으십니다, 멀린 마법사님. 앞쪽은 좀 어떤가요?"

"아직 놈들은 우리의 존재를 전혀 모르고 있습니다. 주군의 말씀대로 빠른 기동력이 한몫한 것 같네요."

"다행이로군요. 하긴 우리 성에서 이곳까지는 쉬지 않고 말을 달려도 족히 사오 일은 걸릴 수 있는 거리이니 적들은 우리가 나타날 것이라고는 아마 상상도 하지 못할 것입니다."

가짜 파비앙이 잡힌 지 이제 겨우 사 일째다. 상식적으로 생각해 보면 잭슨의 옆에 렌탈 남작의 스파이가 있다고 해도 올 수 있는 시간이 아닌 것이다.

"그렇다고는 해도 잭슨 성은 그리 호락호락한 곳이 아닙니다. 당장 통과해야 하는 쉴링 마을만 해도 자경대원이 오백여 명이나 되는 데다가 성에서 파견 나온 영지군도 이백 명이나 되더군요. 하물며 본성은 어떻겠습니까? 아마 바짝 신경 쓰지 않으면 기습의 효과를 살리지 못할 가능성도 있습니다."

"그렇군요. 하지만 우리에게는 무려 6서클에 달하는 멀린 마법사님께서 계시지 않습니까? 그리고 공격이 시작되면 안에서 주군께서 호응하실 테고요."

"물론 저도 최선을 다할 것입니다. 그런데 주군께서는 저와 우리 마법 군단에게 공격보다는 여러분의 보호에 더 신경을 쓰라고 미리 지시를 내리셨습니다. 그런 이상 최초 공격은 몰라도 이후부터는 오로지 여러분께서 해내셔야 할 겁니다."

전쟁이 일어날 때마다 숀이 가장 중요하게 여기는 것이 바로 수하들의 안전이다. 그는 혼자서도 백만 대군을 처리할 수 있는 엄청난 능력의 소유자이기에 더 그런 생각을 하는 것 같았다.

대부분은 그가 그 정도까지 강하다는 것은 모르지만 말

이다. 그나마 멀린이 어느 정도 그의 심경을 헤아리고 있었기에 이런 당부를 할 수 있었다.

"그건 염려하지 마세요. 일단 공성 무기 부대가 들어갈 수 있는 공간만 확보하면 나머지는 저희가 맡을게요."

"성을 공격할 때 좀 더 세부적인 작전을 짜기로 하고 우선은 쉴링 마을부터 빨리 점령하는 게 순서인 것 같습니다."

"그건 크롤 백작님 말씀이 옳소. 자, 그럼 이제 모두 어서 준비합시다! 우선 모두 준비한 것을 말발굽에 착용시키시오!"

"알겠습니다!"

웅성웅성!

크롤 백작이 분위기를 환기시키며 말을 꺼내자 렌탈 남작이 얼른 맞장구를 치며 모두에게 명령을 내렸다. 그러자 기사들은 물론이고 기마대원들까지 말을 타고 있던 모두가 얼른 내려서 말발굽에 가죽으로 만든 신을 신기기 시작했다. 이동하는 소리를 최대한 작게 하기 위해서다.

"준비가 완료되었습니다!"

"좋소, 그럼 지금부터 쉴링 마을의 자경대가 최대한 눈치 채지 못하도록 이동하겠습니다. 이동 중 내가 신호를 내리면 곧장 적을 공격하시오! 무조건 속전속결로 끝냅시다!"

"알겠습니다!"

"그럼 출발!"

"출발!"

쿵쿵쿵쿵!

가죽신 덕분인지 확실히 달리는 소리가 작고 둔탁했다. 이러한 것은 단순히 가죽신만 신겼다고 가능한 것이 아니었다. 그것을 신은 말들도 어느 정도 훈련이 되어 있어야 했다. 어쨌든 무려 이천오백 명이나 되는 병사들이 마을 안으로 접어들었다. 그러나 그때까지도 자경대원들과 영지군은 그것을 전혀 눈치채지 못하고 있었다.

바로 그때,

"지금이다! 쳐라!"

"와아아아!"

"적이다! 적이 나타났다! 어서 종을 울려라!"

땡땡땡땡땡!

렌탈 남작의 명령이 떨어지자마자 무적기사단과 기마부대가 동시에 마을을 덮쳤다. 그 모습을 발견한 자경대 쪽에서 큰 목소리로 적의 출현을 알렸다. 그리고 동시에 비상종이 요란하게 울려댔다. 하지만 그들의 대응보다 숀의 부대가 훨씬 빨랐다.

"이얍!"

퍼억!

"캑!"

서걱!

"으악!"

그들은 가장 먼저 영지군부터 공격했다. 아무래도 자경대는 민간인으로 운영되는 부대인지라 그들을 처단하는 일은 일단 보류하는 것 같았다. 그런데도 공격 개시 겨우 십여 분 만에 쉴링 마을은 숀의 부대에 점령되고 말았다. 이런 실적을 올릴 수 있는 가장 큰 이유는 역시 무적 기사단의 놀라운 활약 덕분이었다. 그리고 그들은 아직 목이 마른 상태였다.

Chapter 12
대치

건들면죽는다

1

책슨 백작이 렌탈 남작의 공격 소식을 들은 것은 그들이
쉴링 마을을 점령한 이후였다.

"뭣이라고! 렌탈 그자의 군대가 우리 쉴링 마을을 점령했
다고? 그게 무슨 정신 나간 소리야! 놈들은 테우신 영지에
있다고 하지 않았는가!"

"네, 분명 그곳에 있었습니다. 그런데 파비앙 아가씨 소
식을 듣고 몰려온 모양입니다."

쉴링 마을의 전투에서 겨우 도망친 영지군 한 명의 보고
를 전하기 위해 들어온 기사는 성의 방위를 책임지고 있는

사령관 에디튼 남작이었다. 그는 소피아의 아버지가 이곳 영지를 다스릴 때 잭슨과 함께 배신한 자이기도 했다.

어쨌든 그의 보고를 받자마자 잭슨 백작이 크게 흥분해서 소리쳤다.

"이놈들이 우리 영지에 스파이라도 심어놓았나! 어떻게 그리 빨리 정보를 입수할 수 있었는지 어디 누가 말해보라!"

"……."

"……."

잭슨 백작의 집무실 안에 열 명이나 되는 기사가 모여 있었지만 이 질문에 그 누구도 대답하지 못했다.

잭슨의 말대로 스파이가 있지 않고서는 불가능할 것 같은 상황이지만 과연 누가 스파이인지는 전혀 알 수가 없지 않은가. 이럴 때 괜히 아는 척하고 나섰다가 뒷감당을 못하게 되면 날벼락이 떨어질 수도 있었다.

"갑자기 다들 벙어리가 되었는가? 이것 보게, 방위사령관."

"네, 각하!"

"적의 규모는 어느 정도나 되는지 파악했나?"

"네! 기마 부대가 이천이백 명이고 공성부대가 삼백 명입니다. 공성 무기로는 투석기 열 대하고 충차 다섯 대, 그리고 발리스타가 열 대 정도 있는 것 같습니다."

잭슨의 말에 방위사령관 에디톤 남작이 얼른 일어나 보고했다. 생각보다 정확하게 파악하고 있는 것으로 보아 과연 잭슨 백작성의 정보력은 상당한 것 같았다.

"이런 미친놈들! 겨우 이천오백 정도의 병사로 우리 성을 넘봐? 아주 본때를 보여줘야겠구나. 모두 들어라!"

"네, 각하!"

"그대들은 병사 오천을 이끌고 성 밖으로 나가 건방진 적들을 모조리 박살 내버리고 렌탈 그자만 산 채로 잡아오너라! 알겠느냐?!"

"명을 이행하겠습니다!"

현재 잭슨 백작 영지의 군사는 정예병만 따져도 모두 만오천 명이나 된다. 괜히 크리스티안의 최측근으로 인정받는 것이 아니었다. 잭슨 백작은 그중 오천 명이면 렌탈 영지군쯤은 순식간에 와해시킬 수 있다고 판단하고는 명령을 내렸다. 그러자 방위사령관을 비롯한 기사들이 병사들을 소집하기 위해 재빨리 밖으로 달려 나갔다.

"저희들은 몇 명이나 출동시킬까요?"

"그건 전적으로 마법단주께 맡기겠소. 하지만 촌에서 온 놈들을 놀라게 하려면 반수 이상은 나가야 할 것 같소만. 듣자 하니 렌탈 영지에도 마법사들이 꽤 있다고 하니 말이오."

　기사들이 나간 후에도 실내에는 몇 사람이 남아 있었다. 방금 말을 꺼낸 마법사 후드레인과 대사제 드로운, 그리고 그들의 측근들이다. 그중 마법사 후드레인은 최근 5서클에 오른 데다 휘하에 4서클과 3서클 마법사가 무려 열 명씩이나 포진하고 있어서 기세가 등등한 상태였다. 그 아래로 2서클과 1서클 마법사까지 합치면 마법군단만 해도 총 사십여 명이 넘을 정도이다.

　"렌탈 영지에는 멀린이라는 마법사가 있습니다. 원래 전에는 저보다 실력이 형편없었는데 최근에 렌탈 남작을 꼬드겨 돈을 빌려 수준을 올렸는지 저와 같은 5서클이라는 소문이 돌더군요. 그래 봤자 저희 마법군단에 비할 바는 아니니 염려하지 마십시오."

　"그런 것은 모두 그대에게 맡기겠소. 그러니 지금 마법군단을 이끌고 나가서 놈들에게 뜨거운 맛을 보여주시구려. 허허허!"

　"명을 따르겠습니다. 그럼 곧 승전보를 가지고 찾아뵙지요."

　후드레인의 나이는 올해 예순넷이다. 게다가 마법사라는 직업군의 특성 때문인지 잭슨 백작도 그에게만큼은 반 존대를 하고 있었다. 그만큼 믿기 때문에 더 그런지도 모른다. 아무튼 그렇게 후드레인을 따라 마법사들이 모두 나가자 이제 남아 있는 사람들은 사제들이 유일했다.

"드로운 사제님은 참전하지 않을 생각이오?"

"당연히 나가야겠지요. 단지 나가기 전에 각하께 부탁이 한 가지 있어서 기다렸습니다."

"그게 뭐요?"

사제는 후드레인 마법사보다도 연로해 보였다. 백발이 성성하고 허리가 구부러진 것으로 보아 족히 일흔 살은 넘은 것 같았다. 하지만 잭슨 백작은 마법사를 대할 때보다 훨씬 건방진 태도로 그를 대했다. 못마땅한 일이 많았던 모양이다.

"전쟁을 치르기보다는 지난번 잡아둔 소녀를 풀어주고 화해를 하는 것이 어떻겠습니까? 요즘 사제들 사이에서 렌탈 남작에 대한 소문이 심상치 않거든요."

"이것 보시오, 드로운 대사제! 그게 지금 무슨 헛소리요? 풀어주라니… 이 천하의 잭슨이 겨우 시골 영주 나부랭이가 두려워 꼬리를 내리라는 거요?"

"그런 뜻이 아닙니다. 세상 사람들의 평판 때문에 그런 것이지요. 이번 전쟁은 이겨도 손해입니다. 렌탈 남작의 딸을 힘으로 빼앗았다는 소문이 날 게 뻔하기 때문입니다. 이제 곧 크리스티안 왕자님의 거사가 시작될 텐데 굳이 그런 평판을 얻을 필요는 없지 않습니까?"

그래도 사제라 그런지 드로운은 입바른 소리를 하고 있었다. 그러나 그게 통한다면 좋겠지만 평생 나쁜 짓만 일삼아온 잭슨이 들을 리가 없었다.

콰앙!

"그게 무슨 개소리야! 애초부터 그년이 먼저 쫓아오겠다고 한 거지 내가 납치한 것이 아니란 말이오! 그래 놓고 저놈들이 쳐들어온 것을 보면 이건 애초부터 놈들의 음모일지도 모른다 이거요. 그런데 평판이 어쩌고 어째? 당신은 전쟁 중에 다칠지도 모르는 우리 기사들과 병사들이나 잘 치료하란 말이오, 쓸데없는 일에 참견하지 말고!"

"죄, 죄송합니다. 각하의 기분을 상하게 하려고 드린 말씀은 아니었습니다. 저는 단지……."

"됐소! 이봐, 경비병! 대사제님 나가신다니 어서 잘 배웅해 드리게!"

"네, 각하! 어서 이쪽으로 오시지요, 대사제님."

"휴우, 스스로 나갈 것이니 자네는 신경 쓸 것 없네. 그럼 저는 이만 각하의 분부대로 전쟁터로 가보겠습니다."

꾸벅.

"흥! 가든지 말든지."

잭슨은 제대로 기분이 상했는지 애처럼 굴었다. 그렇다

고 시비 걸 사람은 더 이상 없었지만 말이다.

아무튼 그렇게 대사제 일행마저 집무실에서 나가고 나자 잠시 후 커다란 뿔피리 소리가 들려왔다.

뿌우우우~!

"모든 방위군은 지금 곧장 연병장으로 집합하라!"

"집합하라!"

우르르르~!

그리고 동시에 병사들의 소집 명령이 떨어졌다.

전체 영지군 가운데 이천 명 정도는 변방을 지키기 위해 각지로 나가 있었지만 성 안에만 해도 일만 삼천 명이나 주둔 중이다. 그중 오천 명을 추려내는 것은 그리 어려운 일이 아닐 터였다.

"천인부대장 세드릭, 출전 준비가 완료되었음을 보고 드립니다!"

"천인부대장 로빈, 출전 준비 완료!"

"천인부대장 하워드, 출전 준비 완료!"

"천인부대장 마샬, 출전 준비 완료!"

"천인부대장 닐슨, 출전 준비 완료!"

소집령이 떨어진 지 불과 이십여 분 만에 다섯 개의 천인부대가 출전 준비를 끝내고 일사불란하게 보고했다. 그러자 방위사령관 에디톤 남작이 그것을 체크하고는 곧 잭슨 백작에게 보고하기 위해 다시 들어갔다.

"각하, 오천 명의 병사가 연병장에 모두 집합했습니다."

"그럼 곧바로 성문을 열고 출동하라!"

"출전 연설은 안 하십니까?"

통상 대규모 병사들이 이동할 때는 최고 지휘관의 연설이 필수이다. 그들의 사기를 끌어올리기 위해서이다. 그런데 잭슨 백작은 그런 절차를 무시하고 바로 출동 명령을 내렸다. 에디톤 남작이 의아해할 만한 행동이다.

"겨우 시골 영지군을 상대하러 나가는데 연설이 무슨 필요가 있단 말이냐! 어서 가라! 가서 그 건방진 렌탈을 잡아 와라!"

"네, 각하! 오늘 해가 떨어지기 전 반드시 렌탈 남작을 각하 앞에 대령하겠나이다."

그 주인에 그 종이다. 두 사람은 지금 렌탈 남작의 부대를 너무 쉽게 생각하고 있었다. 자신들의 전력에 비해 워낙 그 수가 적기 때문이다.

특히 에디톤은 자신이 나가기만 하면 렌탈 영지군이 바로 꼬리를 말고 항복할 것이라고 생각했다. 어마어마한 착각이었지만 아직까지 전쟁다운 전쟁을 치러본 적이 없어서더 그런 것 같았다.

어쨌든 그는 보무도 당당하게 백작의 집무실에서 나와

병사들을 이끌고 성문을 나가기 시작했다.

2

"이거 정말 고마운 일인데요? 놈들이 스스로 나와 주고 있으니 말입니다."

"하지만 방심은 금물이야. 이럴 때일수록 더욱 치밀한 준비가 필요한 법이지."

거대한 성문이 열리고 끝이 보이지 않을 정도로 많은 병사들이 몰려나오고 있었다. 그들은 워낙 자신만만해서 무척 당당한 모습으로 나왔다.

언덕 위에서 그 모습을 지켜보고 있던 크롤 백작이 크게 기쁨을 표했다. 성 안에 있는 적을 격파하기는 무척 어렵지만 밖으로 나오면 그만큼 쉬워지기 때문이다. 그러나 옆에 함께 있던 렌탈 남작은 확실히 좀 더 신중했다. 연륜의 차이인 모양이다.

"명심하겠습니다. 그럼 형님께서 어서 명령을 내려주십시오."

"파비앙 단주가 매복 중이잖은가. 우선은 그들의 첫 번째 교전을 지켜보면서 대응하는 것이 가장 좋을 것 같군."

"짐머만 영지군과의 전투는 매우 성공적이었지만 이번에

도 통할까요? 아가씨가 아직 어린 데다가 여성이라 그런지 저는 솔직히 걱정스럽습니다."

대화 내용을 살펴보니 이미 파비앙은 전투 준비를 끝내고 매복 중인 것 같았다. 그녀가 이끌고 있는 부대는 전원이 기사로 이루어진 무적 기사단 아니던가.

물론 아직은 왕국 전체에 무적 기사단이라는 이름이 알려진 것은 아니었다. 그 이름으로 정식 전투를 치러본 것은 짐머만 영지가 처음이니 말이다.

그래서인지 아직 크롤 백작은 그녀와 무적 기사단의 능력을 완전히 믿지 못했다. 전쟁에는 워낙 많은 변수가 있다는 것이 그의 생각이기 때문이다.

"휴우, 나만 하겠는가. 게다가 얼굴을 가려야 하기 때문에 그 무거운 투구까지 쓰고 작전에 참여한 상태라 더 걱정이라네."

"기사들의 투구가 무겁기는 하죠. 시야도 그리 좋지 않고. 혹시 무슨 일이라도 생기면 제가 주군께 따져볼 생각입니다. 아무리 작전이라도 파비앙 단장의 얼굴을 도용한 것은 좀 너무한 것 같거든요."

크롤과 렌탈은 최근 의형제가 되었다. 그 말은 그가 이제 파비앙의 의 작은아버지가 되었다는 뜻이다. 그래서인지 그는 그녀의 안전을 몹시 신경 썼다.

"그런 불경한 생각은 아예 하지도 말게. 수집한 정보에 의하면 잭슨 백작은 욕심이 많으면서 영리한 자라고 하네. 특히 그는 여자에 대한 욕심이 많을뿐더러 보는 안목도 보통이 아니라고 하더군. 그러니 주군께서도 고민 많이 하셨을 걸세."

"죄송합니다. 저 역시 알고 있었지만 파비앙 단장이 위험할 수도 있다는 생각에 그만……."

적들이 코앞에서 몰려오고 있는데도 두 사람은 이런 대화를 나누고 있었다. 그건 이미 전투 준비가 끝났다는 뜻이었다. 그리고 보니 이 자리에는 멀린 마법사도 보이지 않았다. 그도 파비앙과 함께 있는 모양이다.

"그 마음은 나도 충분히 알고 있네. 하지만 지금까지 우리 주군께서 해오신 일을 생각해 보게. 그분이 설마 우리 딸을 힘들거나 위험하게 하실 분인가?"

"절대 아니죠!"

"바로 그거네. 우리는 그저 지금의 상황에서 최선을 다하면 된다는 뜻이지."

"알겠습니다. 그럼 이제 작전의 두 번째 단계를 준비하시죠. 놈들이 우리가 정한 한계선을 곧 넘을 것 같으니까요."

"그러지. 어서 가세."

두 사람은 그렇게 언덕에서 내려갔다. 그러고는 그곳에

서 대기하고 있던 기마대와 특수 무기 부대장들을 불러들였다.

"벨룸 대장, 그리고 부몬 대장."

"네, 영주님!"

기마대는 벨룸이 이끌고 있었고 특수 무기 부대원은 부몬이 책임지고 있었다.

"지금 그대들은 남아 있는 모든 부대원을 이끌고 언덕 위로 올라가 계속해서 함성을 질러라. 알겠나?"

"알겠습니다!"

렌탈 남작의 명령이 떨어지자 기마대가 앞장을 서고 특수 무기 부대원들이 그 뒤를 따랐다.

그리고 잠시 후, 그들은 잭슨 백작성 앞에 펼쳐져 있는 들판이 떠내려가라 크게 함성을 지르기 시작했다.

"우와와와아~!"

"우와와와~!"

둥둥둥둥둥!

크롤 백작과 렌탈 남작의 깃발을 휘날리며 북소리와 함께 울리는 함성은 방금 성문을 나온 잭슨 영지군을 긴장시키기에 충분했다. 그런 그들의 눈에 보이는 숀의 군대는 족히 수천 명 이상으로 보였기 때문이다.

그러나 그렇다고 겁을 먹지는 않았다. 이미 그게 허세라는 것을 알고 있기 때문이다.

그리고 같은 시간, 잭슨 영지군 들판으로부터 약 2킬로미터 정도 떨어져 있는 넓은 초원에서는 무적 기사단장 파비앙과 마법사 멀린이 숨어서 이야기를 나누고 있었다.

"마법 부비 트랩은 제대로 설치하신 겁니까?"

파비앙이 작은 목소리로 묻자 멀린이 음흉한 웃음을 지으며 대꾸했다.

"물론입니다, 단장님. 놈들이 조금만 더 다가오면 기겁하게 될 것입니다. 흐흐흐."

뭔가를 꾸며 놓은 모양이다.

"주군의 의도도 그렇지만 저도 너무 많은 사람이 죽는 것은 싫어요. 그러니 단번에 적을 제압하려면 군단장님께서 잘해주셔야 합니다."

"검술도 그렇겠지만 마법도 적을 살상하는 것보다 살려 놓고 항복을 받는 것이 훨씬 더 어렵지요."

파비앙의 부탁에 멀린이 한 손으로 턱을 매만지며 대꾸했다. 그녀의 호기심을 잔뜩 자극하는, 뭔가 의미가 숨어 있는 것 같은 뉘앙스가 풍긴다.

"갑자기 그런 말씀은 왜 하시는 거죠?"

"이번 작전에 제 능력의 상당 부분을 쏟아부었다는 뜻이지요. 허허."

"이럴 때 보면 멀린 마법사님은 꼭 할아버지 같아요. 호호호!"

"컥! 할, 할아버지… 라니요? 휴우!"

파비앙의 이 한마디에 멀린은 차마 자신의 나이가 아직 마흔 살도 안 되었다는 말을 꺼내지 못했다. 대신 그녀로부터 등을 돌린 채 괜히 땅바닥에 낙서를 하며 한숨을 내쉬었다.

어찌 보면 지금의 급박한 상황과 어울리는 모습이 아니었지만 주변에 있던 기사들 그 누구도 두 사람을 나무라지 않았다. 그들 두 사람과 자신들의 능력을 그만큼 믿고 있기 때문이다.

"적들이 언덕 위에 있다! 모두 돌격하라!"

"돌격하라!"

"와아아아~!"

두두두두!

바로 그때 드디어 숀의 군대를 발견한 잭슨 영지군이 함성을 지르며 더욱 빠른 속도로 달려오기 시작했다. 렌탈 남작과 크롤 백작이 이야기를 나눈 두 번째 작전이란 바로 미끼 역할이었던 모양이다.

어쨌든 그것은 큰 성공이라고 할 수 있었다. 오천 명이나 되는 대군이 미친 듯이 언덕을 향해 달려가고 있었으니 말이다.

"어서 모두 준비한 것을 써라!"

"네! 전원 착용!"

그 모습을 유심히 지켜보던 멀린이 기사들을 향해 명령을 내렸다. 그러자 일천팔백 명의 기사들이 일제히 품 안에서 뭔가를 꺼내더니 얼른 자신들의 귀 쪽으로 가져갔다.

"하나, 두울, 셋! 걸렸다!"

적들이 언덕으로 막 올라서기 직전 근처에 있던 멀린이 갑자기 카운트를 했다.

두두두두, 투둑!

쿠아아아앙! 콰콰쾅! 쾅쾅쾅쾅!

순간, 선두에서 달리는 말의 다리에 뭔가가 걸렸다. 그리고 곧 어마어마한 폭발음이 터져 나왔다.

히이이잉~!

휙~ 철퍼덕!

"끄악!"

"캐액!"

동시에 선두에 서 있는 수많은 말의 발목이 잘려 나가며 아수라장이 펼쳐졌다.

말 위에 있던 병사들은 사방으로 튀어 올랐다가 떨어졌으며, 그 위를 또 다른 말이 밟고 지나갔다.

그뿐만이 아니었다. 달리던 관성 때문에 멈출 수가 없었다. 하지만 가장 심각한 일은 방금 뭔가가 터질 때 들린 살인적인 소리였다. 워낙 큰 소리였기에 대부분의 병사들은 다치지는 않았어도 제정신을 차릴 수가 없었다.

"으으! 귀, 귀가 안 들려! 으아아아!"

"머리가 터질 것 같아!"

그들은 대부분 자신의 귀를 움켜잡은 채 속속 말 위에서 떨어져 내렸으며, 말은 그 상태로 어디론가 미친 듯이 질주하기 시작했다.

그런데 정말 무서운 것은 이 모든 일은 이들이 앞으로 겪게 될 일의 시작에 불과하다는 점이었다.

"지금이다! 모두 적들을 격파하라!"

"명령이 떨어졌다! 모두 공격!"

"와아아아아~!"

두두두두!

파비앙의 힘찬 명령과 함께 무적 기사단이 살벌한 속도로 그들을 향해 돌진했다.

방금 전 잭슨 영지군이 달려들던 모습과는 비교도 되지 않을 만큼 포악했다.

그들은 마치 무인지경을 달리듯 거침없이 달리면서 아직 멀쩡하게 서 있는 자들을 후려 갈겨 모조리 쓰러뜨리기 시작했다.

이건 절대 동등한 상대끼리의 전쟁이 아니었다. 마치 어른들이 떼로 몰려와 어린아이들을 울게 만드는 것처럼 일방적인 폭행이었다. 워낙 종횡무진으로 적을 박살 내는 무적 기사단의 활약 덕분에 렌탈 남작과 크롤 백작이 이끌고 있는 기마대는 나설 틈이 없을 정도였다.

"허허, 허허허……."

"제가 정말 어리석은 걱정을 했습니다. 파비앙 단주의 능력이 이미 저보다 낫다는 것을 잊고 있었으니 말입니다. 휴우."

결국 두 사람은 그저 허탈하게 웃거나 한숨만 내쉬고 말았다. 하지만 그렇다고 전투가 완전히 끝난 것은 아니었다.

Chapter 13

전투와 첩보전

건들면죽는다

1

가장 먼저 정신을 차린 사람은 바로 방위사령관 에디튼 남작이었다. 그는 혼란의 와중에도 병사들을 수습하기 위해 필사적으로 노력했다.

"정신 차려라! 적은 우리의 반도 되지 않는다! 그러니 어서 전열을 가다듬고 반격을 준비하라! 각 부대장들은 최대한 빨리 진영을 갖추도록!"

"네, 사령관님! 어서 서둘러라!"

사방에서 말의 울음소리과 비명 소리가 끊이지 않고 있었지만 사령관의 독려와 그를 따르는 부대장들의 노력으로 인해 잭슨 영지군은 조금씩 정신을 차리기 시작했다.

그런 그들에게 더 좋은 소식이 전해졌다. 자신들보다 조금 뒤에 성문을 나선 마법부대가 합류했다는 것이다. 이 소식은 사기가 바닥으로 추락한 잭슨 영지군을 크게 위로해 주었다.

"우리 마법부대가 방금 도착했다! 이제 곧 반격을 개시할 것이니 모두 최선을 다해 뒤로 물러나라!"

"후퇴하라!"

그냥 사기가 다시 오른 정도로 렌탈군의 공격에서 완전히 벗어나기는 힘든 것 같았다. 그러기에는 그들의 능력이 상상을 초월했다.

"어딜~"

슈욱~ 퍽!

"캑!"

"크악!"

이건 그냥 피하거나 막을 수준이 아니었다. 그렇다고 그냥 도망칠 수도 없는 노릇이라 잭슨 영지군은 사방에서 갈팡질팡하고 있었다.

그럴 때 그들의 구세주가 나타났다.

"모두 머리를 숙여라!"

"머리를 숙여라!"

도록 한다! 모두 파이어 볼을 미리 캐스팅해 놓도록!"

"그거 재미있겠군요. 저희들 전원이 파이어 볼(fire ball)을 날리면 놈들의 눈이 찢어질지도 모르겠네요. 킬킬."

"큭큭큭."

원래는 기본적으로 엄숙하고 품위가 넘치는 직업군이 바로 마법사들이다. 그러나 멀린의 마법군단 사람들은 확실히 예전과 많이 달라져 있었다.

그건 아마도 전원이 전투 마법사가 되어서 그런지도 모른다. 마법 능력뿐 아니라 체력적으로도 강해져서 그만큼 여유가 생긴 것이리라.

"말을 탄 채로 달리면서 날려대면 더 재미있을 것 같은데?"

"역시 군단장님이십니다. 저희 마음을 단번에 꿰뚫으시는군요. 저희들은 준비되었습니다. 명령만 내려주십시오!"

"쓰리, 투……."

5서클 마스터 수준까지 실력이 향상된 마법사 칼베르토가 자신들의 군단장을 추어올리며 대꾸하자 멀린이 갑자기 카운트를 시작했다. 그리고.

"원! 지금이다! 달려라!"

"마법군단 출동!"

"와아아아~!"

두두두두~!

갑자기 적진 가운데서 로브를 입고 있는 사람들이 말을 탄 모습으로 함성과 함께 단체로 뛰쳐나오자 잭슨 영지군의 눈이 휘둥그레졌다.

실력이 엄청난 적군 가운데 기사들만 몰려나오는 것으로 착각했기 때문이다. 그러나 이내 그런 그들이 모두 로브를 입고 있는 것을 확인하고는 대부분 안도의 숨을 내쉬었다.

마법사가 말을 탄 것 같기는 했지만 그런 상태로는 마법을 쓸 수 없다는 것을 알고 있기 때문이다. 그게 상식이기도 했다.

"저놈들이 대체 무엇을 하는 것일까요? 차림새로 보아 마법사들이 분명한 것 같은데… 혹시 우리 마법 능력에 겁을 집어먹고 항복이라도 하려는 것일까요?"

"그럴지도 모르겠군. 하지만 지금은 저런 녀석들에게 신경 쓸 때가 아니다. 아군을 더 구해내려면 바로 다음 공격을 해야 한다. 어서 준비해라."

"이미 준비 완료입니다."

잭슨의 마법사들 사이에서는 이런 대화가 오고 갔다.

그들 역시 마법사이기에 더욱더 말을 타고 있는 마법사는 별 위협이 되지 않는다는 것을 확신할 수 있었다.

"좋아, 적들 사이에는 기사들이 있어서 마법을 막아내는 것 같으니 이번에는 병사들을 주 타깃으로 잡고 공격해라. 알겠나?"

"네!"

"준비! 공격!"

사실 처음부터 무적 기사단은 대부분 병사 복장을 하고 있었다. 각기 백 인으로 구성된 기사들을 인솔하는 지휘관과 부지휘관만 기사 복장을 하고 있었다.

그들만 해도 36명이나 되니 적들은 더욱 이들을 기사들이라고 생각하지 못했다. 훗날 이런 작전이 알려져 혹시 누군가 비겁하다고 할 수도 있었다.

하지만 렌탈 남작의 딸이 잡혀 있는 것으로 되어 있는 상태라 충분히 변명의 소지는 있었다.

어쨌든 그 덕분에 후드레인은 명령을 내릴 수 있었다.

"파이어 애로우!!"

슈우우욱!

그렇게 두 번째 마법 공격이 허공을 가를 때, 실로 눈이 뒤집힐 만한 일이 벌어졌다.

"지금이다!"

"파이어 볼!!"

파이어 애로우는 3서클 마법이고 파이어 볼은 4서클 마법이다. 두 마법은 우선 소리부터 확연히 달랐다. 애로우가 날카로운 소리라면 파이어 볼은 묵직하면서도 소름이 돋는 괴음을 동반했다.

게다가 그 크기가 어마어마했다. 저 멀리 성문 위에서도 보일 정도로 말이다.

"저, 저럴 수가! 어찌 마법사가 말을 타고 달리면서 마법을 사용할 수 있다는 말인가! 말, 말도 안 돼!"

"대장님! 피하십시오! 모두 피해라!"

우우웅~ 퍼퍼퍼펑!

"크악!"

"으악!"

후드레인은 파이어 볼이 코앞까지 다가오는데도 멍하니 서서 중얼거리고 있었다. 만일 이때 마법 부대장인 코올스가 그를 밀어내지 않았다면 죽었을지도 모른다.

그것은 뒤쪽에 있다가 파이어 볼을 맞이하게 된 병사들을 보아도 확실했다. 미처 피하지 못한 그들은 그야말로 순식간에 통구이가 되었다.

그리고 곧 언덕 아래쪽에 펼쳐져 있는 들판은 침묵 속으로 빠져들기 시작했다. 워낙 어마어마한 마법을 직접 목격한 데다 일부는 잿더미로 화해서 날려가 버렸으니 무슨 말을 할 수가 있겠는가.

"우리는 무적 기사단이다! 이미 싸움은 끝났다! 그러니 지금부터 항복하는 자는 살려줄 것이며 끝까지 투항하는 자는 이 자리에서 즉시 목을 베겠다!"

털썩!

"항, 항복하겠습니다!"

"저도 항복합니다!"

평소 자신의 욕심을 채우려고 수하들을 개돼지처럼 부린 잭슨 백작이다. 그런 자를 위해 목숨까지 내걸고 충성을 바칠 사람은 그리 많지 않았다.

파비앙이 갑옷과 투구를 쓴 채 오연하게 앞으로 나와 항복을 권유하자 거의 대부분의 병사와 기사들이 하나둘 무릎을 꿇으며 항복을 선언했다.

그중 몇 명의 기사가 자존심 때문에 저항하였지만 그런 자들은 기사 크누센과 하인리의 검이 용서치 않았다.

파비앙은 속으로 안타까운 마음이 들었지만 이곳은 전쟁터인 만큼 남은 적을 덜 희생시키기 위해서라도 때로는 독해질 필요가 있음을 알고 있기에 참을 수밖에 없었다.

어쨌든 이렇게 첫 번째 전투는 손의 군대가 대승을 거두는 것으로 막을 내리고 있었다.

2

성 안에 있던 사람들은 아직 전투의 결과를 모르고 있었다. 영지군들이 전투를 치르기 위해 성문을 나선 지가 그리 오랜 시간이 지나지 않은데다 그런 일이 일어날 것이라고는 상상도 할 수 없기 때문이다.

"그나저나 우리가 이기겠지?"

"그런 말은 해서 무엇 하나? 지려고 해도 질 수 없는 싸움이거늘. 자네는 적군이 몇 명이나 몰려왔는지 아직 모르는 것은 아니겠지?"

사람들이 잔뜩 모여 있는 시장 거리에서 이런 대화가 오고 갔다.

이곳에서 장사를 하고 있는 카룬과 조이라는 중년의 사내이다. 그들 중 닭고기 장사를 하고 있는 조이가 걱정스럽다는 듯 묻자 생선 장수인 카룬이 대뜸 핀잔을 주었다.

워낙 민감한 주제라 그런지 주변 사람들도 은근히 두 사람의 대화를 엿듣기 시작했다.

"나는 그냥 얼핏 듣기만 해서……. 그러는 자네는 정확히 몇 명인지 알고 있는 겐가?"

"당연하지. 공성 무기를 다루는 병사들까지 합쳐서 총 이천오백 명이라고 하더군. 우리 사촌 조카가 얼마 전 영지군에 뽑히지 않았는가. 그 녀석이 알려준 정보이니 틀림없을 게야."

"아, 그 작년에 자네 가게에서 잠깐 일한 그 조카 말이지?"

"그래. 이천오백 명이면 절대 적은 병력이라고 할 수 없지만 우리 영지군은 무려 오천 명이나 이번 전투에 동원되었잖아. 그러니 어떻게 질 수가 있겠는가. 단지 얼마나 빨리 적들을 소탕하느냐가 관건이겠지. 안 그래?"

끄덕끄덕.

카룬은 조이를 향해 물었는데 주변 사람들이 일제히 고개를 끄덕이고 있었다. 다들 동감이라는 뜻이리라. 하지만 이들의 결론은 한 노인이 등장하면서 달라졌다.

"자네들 혹시 이번 전투의 결과를 알고 있는가?"

"갑자기 그게 무슨 말씀이십니까, 어르신? 벌써 전투 결과가 나왔다는 겁니까?"

그 누구도 노인네가 누구인지 몰랐지만 그가 반말을 하는데도 깍듯하게 받아주었다. 그만큼 나이가 많아 보였기 때문이다.

"어허, 이 사람들, 아직 깜깜무소식이네그려. 나오다마다. 지금 성문 앞에 가보면 적군에게 당하고 꽁무니 빠지게 도망쳐 오는 우리 영지군을 볼 수 있을 걸세."

"네에? 그, 그럴 리가요? 적들의 두 배가 나가서 싸웠는데 당하다니요? 혹시 영감님께서 잘못 보신 것 아닙니까?"

지금 노인네의 정체 따위는 중요하지 않았다.

그의 말이 워낙 충격적이라 그런 것도 있지만 어차피 자신들과 같은 평민에게 이상한 인간이 접근할 리가 없다는 안일함 때문에 더 그랬다.

그 덕분에 노인은 새로운 소식 하나로 좌중의 분위기를 금방 장악할 수 있었다.

"내 비록 이제 꽤 늙었지만 아직 아군인지 적군인지 구별 못할 정도는 아니야. 귀신을 본 것 같은 표정으로 도망쳐 들어온 사람들은 모두 우리 영지군이었어. 슬쩍 그들이 떠드는 말을 들어보니 싸움이 시작된 지 겨우 한 시간도 채 지나지 않아서 모조리 개박살 났다고 하더군. 살아 돌아온 병사가 천 명도 안 된다고 하더라고."

"맙소사! 말도 안 돼!"

"그, 그럼 이거 우리 성도 안전하지 못한 것 아닙니까? 오천 명이나 되는 영지군이 한 시간 만에 와해될 정도라면 성을 함락하는 것도 시간문제일 테니까 말입니다."

순식간에 시장통 전체에 극심한 불안감이 퍼져 나가기 시작했다.

전쟁이 나서 적이 성을 함락할 경우 대부분 노예로 전락하거나 죽기 십상인 세상이다.

그나마 운이 좋아 무사하다고 해도 세금으로 전 재산을

죄다 빼앗기기 일쑤이고 말이다.

아무리 폭군 아래서 생활하고 있기는 해도 전쟁에서 패배하는 것보다는 그게 오히려 낫다는 것이 일반적인 견해였다.

"이건 그냥 내 생각인데… 다들 좀 더 가까이 와보게."

"뭔데요?"

갑자기 노인네가 자세를 낮추며 말하자 잔뜩 호기심이 생긴 사람들이 그의 곁으로 바짝 다가왔다.

"내가 최근에 테우신 영지에 있는 여동생 집에 다녀왔거든. 지금 딸이 납치당하는 바람에 여기까지 쳐들어온 렌탈 남작님과 크롤 백작님이 다스리게 된 영지 말일세."

"아, 맞아요. 크롤 백작의 아버지를 죽이고 영지를 빼앗았던 테우신 백작에게 복수를 했다는 소문은 저도 들었습니다."

노인의 말에 중년인 한 명이 얼른 아는 체를 하며 맞장구를 쳤다. 그러자 또다시 주변 사람들이 고개를 끄덕이며 동조했다.

"그렇지! 그때도 테우신 백작 영지군은 상대도 되지 않았다고 하더라고. 용병들까지 끌어들여서 싸웠는데도 말이야. 그래서 그때 우리 여동생 가족도 몹시 겁을 먹었다고 하더군. 그런데 이번에 사정을 들어보니 그게 오히려 큰 복이 되었다고 해."

"다른 사람이 자신들이 살고 있는 영지를 빼앗았는데 큰 복이라고요? 그게 대체 무슨 말입니까?"

노인의 이야기가 계속될수록 사람들은 더욱 강한 호기심을 느꼈다. 그런데다가 그쪽으로 모여드는 사람들도 점점 늘어났다.

"알고 보니 렌탈 남작님과 크롤 백작님은 아주 성군이었다고 하네. 자네들은 그 두 분이 성을 점령한 후 가장 먼저 한 일이 무엇인지 아는가?"

"뭐였는데요?"

"바로 세금을 절반 이하로 낮추었다고 하네. 영지민을 위해서 말이야."

"네에? 그, 그게 정말입니까?"

자고로 동서고금을 막론하고 일반 서민들이 가장 좋아하는 군주는 바로 세금을 적게 걷고 백성들을 잘 먹고 잘살게 해주는 사람이라고 할 수 있다.

이들도 같은 바람이었기에 세금을 반 이하로 낮추었다는 말에 급속도로 가슴이 요동칠 수밖에 없었다.

"내가 왜 그런 거짓말을 하겠는가? 틀림없는 사실이라네. 누구 주변에 최근 테우신 영지를 다녀온 사람이 있는지 찾아서 물어보면 알 게야."

"제가 지난주에 다녀왔습니다!"

노인의 말이 끝나기가 무섭게 무리의 뒤쪽에서 청년 한 사람이 손을 번쩍 들며 외쳤다. 그러자 모두의 시선이 그에게로 몰렸다.

"저 어르신의 말씀이 틀림없습니다. 지금 테우신 영지에 살고 있는 사람들은 그야말로 태평성대를 구가하고 있더군요. 오죽하면 도둑이 모두 사라져서 담을 부수는 집이 속출할 정도였습니다. 간단하게 우리 영지와 비교해 보면 그들은 우리 영지에서 거둬들이는 세금의 삼분의 일도 내지 않고 살고 있습니다. 그러니 잘 먹고 잘살 수밖에요."

"그, 그럴 수가! 삼분의 일밖에 안 되면 거기야말로 천국이라는 말이네. 젠장!"

"그러게 말이야. 우리는 세금을 내고 나면 거의 개털이 돼서 매년 먹고살 걱정에 잠을 못 잘 지경인데 말이야."

청년의 말에 모여 있던 사람들이 일제히 불평불만을 터뜨렸다. 그 모습을 슬쩍 지켜보던 노인이 회심의 미소를 지으며 다시 입을 열었다.

"더 중요한 일이 있다네. 이건 아마 나 말고는 아는 이가 별로 없을 게야. 나도 운이 좋아 테우신 영지에서 지나가던 기사들의 말을 엿듣고 알게 된 사실이거든."

"그게 대체 뭡니까?"

청년의 한마디로 인해서 노인에 대한 신뢰도는 아까보다 훨씬 올라간 상태이다. 물론 이들은 청년의 정체도 정확히 모른다. 그가 원래부터 잭슨 영지 사람인지도 말이다.

이곳 영지의 인구는 오만이 넘을 정도이니 어찌 모든 사람을 다 알겠는가.

"이건 정말 극비 중의 극비라서 그런데, 내 이야기를 듣기 전에 우선 나와 한 가지 약속할 것이 있다네. 모두 지킬 수 있다면 말을 하겠지만 한 명이라도 자신 없다면 그만둘 생각이야."

"무조건 입 다물겠습니다!"

"저도요!"

"저도……."

"좋아, 자네들이 그렇게 듣고 싶어 하니 어쩔 수 없구먼. 사실은……."

"꿀꺽."

노인의 입담은 정말 장난이 아니었다.

그는 교묘한 말로 사람들의 호기심을 더욱 크게 해놓고 전부 자신의 이야기에 집중하게 만들어놓았다. 오죽했으면 그의 다음 말을 듣기 위해 몰두하다가 마른침을 다 삼키겠는가.

"렌탈 남작님과 크롤 백작님은 루카스 왕자님을 따르고

있다고 하네."

"네에? 그, 그럴 리가요? 그분은 이미 돌아가셨잖습니까?"

"믿고 안 믿고는 자네들 선택에 달려 있네만, 내 옆을 지나가며 그런 이야기를 나눈 기사들이 워낙 쟁쟁한 사람들이라서 나는 믿지 않을 수가 없었네."

"그게 누군데요?"

워낙 놀라운 이야기라 믿지 못했지만 그러면서도 사람들은 노인을 무시하지 않았다. 최근 돌고 있는 소문에도 루카스 왕자가 살아 있다는 말이 있었기 때문이다.

"그들은 바로 소드 마스터일지도 모른다는 '신비의 기사'와 '철의 여전사'였거든."

"헉! 그, 그게 정말이십니까?"

"조금 전에도 말했지만 선택은 자네들 몫일세. 단지 우리가 좀 더 정의롭고 인자한 영주를 모시고 싶다면 뭔가 해야할지도 모른다는 것을 생각하게. 그럼 나는 이만 바빠서 가보겠네. 어흠!"

노인은 이 말만 남겨놓고 바람처럼 사라져 갔다. 하지만 그 누구도 노인을 잡을 수는 없었다. 그가 남긴 말이 계속 귓가에 맴돌았기 때문이다.

그런 틈을 이용해 아까 증언 비슷한 말을 한 청년도 슬쩍 사라져 버렸다. 그는 방금 떠난 노인의 뒤를 따라가는 것 같았다.

그리고 잠시 후, 두 사람은 잭슨 성의 밖에 있는 숲 속에서 다시 만났다.

"역시 총수님다우십니다. 사람들을 완전히 들었다 놨다 하시던데요?"

"호호, 그건 자네가 제때 잘해준 덕분인데, 뭘. 이렇게 해놓았으니 성을 공격할 때 안에서 반드시 무슨 일이든 일어나겠지. 자, 그럼 이제 가자."

"알겠습니다!"

그런데 늙은 사내라고 여긴 노인네가 청년과 만나는 순간 얼굴 가죽을 벗겨내었다. 그리고 그 안에서는 놀랍게도 아름다운 소피아가 나타났다.

가만 보니 청년 역시 눈에 익었는데 그는 바로 오래전 밤 그림자의 저택 문을 지키고 있던 카를이라는 자였다.

두 사람은 그렇게 말을 주고받으며 서서히 사라져 갔다.

Chapter 14

보이지 않는 전투

건들면 죽는다

1

슈욱~ 콰앙!

"뭐가 어쩌고 어째! 우리 영지군이 완전히 패했다고? 그걸 지금 말이라고 하는 게야! 나랑 장난하자는 거냐고!"

휘익~ 퍽!

"……."

보고를 받자마자 잭슨은 발작했다.

그는 손에 잡히는 것은 그게 무엇이든 잭슨 영지군의 작전사령관 제이콥에게 집어 던졌다.

그중 화병이 사령관의 머리를 때렸지만 그는 그럼에도

불구하도 꼼짝도 하지 않은 채 신음까지 참으며 백작의 신경질을 고스란히 받아주고 있었다.

이럴 때 자칫 변명이라도 했다가는 죽을 수도 있다는 것을 너무 잘 알고 있기에 억울해도 참을 수밖에 없는 것이다.

"끄응! 에디톤 그 병신 같은 새끼가 언젠가는 사고 칠 줄 알았지. 아무리 그래도 그렇지, 적보다 두 배 이상의 병력을 끌고 나가서 겨우 한 시간 만에 박살 난다는 것이 말이 되느냐고. 빌어먹을!"

"……."

잭슨이 뭐라고 떠들던 제이콥은 여전히 침묵을 지켰다. 그게 효과가 있었는지 결국 잭슨도 제풀에 꺾여 다시 의자에 몸을 던졌다.

털썩!

"좀 더 구체적으로 설명해 봐. 전투가 어떻게 흘러갔고 왜 깨졌는지 말이야."

"가장 크게 문제가 되었던 것은 바로 마법사들의 싸움이었던 것 같습니다."

그러고는 지쳤는지 힘 빠진 목소리로 말을 꺼냈다. 그러자 기다렸다는 듯 작전사령관 제이콥이 바로 대꾸했다.

"마법사들의 싸움? 그렇다면 적진에 우리보다 더 강력한 마법사들이 있었다는 말이냐?"

"그렇다고 합니다. 숫자는 우리가 월등했지만 질적인 면에서 놈들이 더 강력했던 모양입니다. 거기다가 한 가지 이상한 이야기가 있습니다."

"뭐가 또 이상하다는 말이냐?"

속에서는 울화통이 터지고 있었지만 어찌 되었건 패배를 당한 원인은 알아야 했기에 잭슨은 꾹꾹 참으며 되물었다.

"간신히 탈출해서 성으로 돌아온 기사들의 이야기를 들어봤더니 상대방 마법사들은 말을 타고 달리면서 마법을 쓴다고 합니다."

"뭐가 어쩌고 어째? 이것들이 정말 단체로 미쳤나, 왜 자꾸 그따위 헛소리는 하고 지랄이야! 설마 자네도 그 말을 믿는 것은 아니겠지?"

마법에 관해 아는 것이 거의 없는 사람도 방금 제이콥이 한 말을 믿지 못할 터였다. 집중을 해도 될까 말까 한 마법을 심하게 요동치는 말 위에서 쓴다는 것은 말도 안 되는 이야기이기 때문이다.

"물론 저도 믿지 못하는 이야기입니다. 하지만 그곳에 있던 모든 기사들과 병사들은 한결같은 말을 하더군요. 확실히 뭔가 있는 것 같습니다."

"있긴 뭐가 있어! 보나마나 이 새끼들이 지고 할 말이 없으니까 그따위 말로 입을 맞춘 게지. 개소리 그만 지껄이고 어서 가서 기사 훈련대장과 나머지 부대장들을 집합시키도록! 이번에는 내가 직접 나가겠다!"

"알겠습니다, 각하!"

아직 잭슨에게는 일만 명의 병사가 남아 있다.

그중 밖으로 나가 있는 2천 명을 제외 한다고 해도 8천 명이 성 안에 있는 이상 누가 헛소리를 하던 겁을 먹거나 뒤로 뺄 이유가 없었다.

그리고 가장 중요한 것은 그에게는 렌탈이 꼼짝도 할 수 없는 회심의 히든카드가 있다는 점이다.

그건 바로 파비앙이었다.

"호호, 이 계집애가 잘 있는지 일단 확인부터 한 다음 회의에 참석해야겠구나. 밖에 누구 없느냐?"

"네, 각하!"

"갑옷을 준비하라."

"네!"

제이콥이 나가자 잭슨은 그리 중얼거리더니 사람을 불렀다. 그리고는 곧 하인들의 수발을 받으며 갑옷을 챙겨 입었다.

"감옥으로 가자."

"알겠습니다!"

어느새 잭슨의 곁에는 호위 기사들이 함께하고 있었다.

그들은 모두 파비앙이 갇혀 있는 감옥으로 향했다.

"충성! 각하를 뵈옵니다!"

"그녀는 잘 있는 게냐?"

감옥 입구를 지키고 있던 간수장이 잭슨을 발견하자마자 벌떡 일어나며 경례를 붙였다.

그러자 잭슨은 그의 인사는 무시하고 대뜸 질문부터 했다.

"네. 그런데 자꾸만 식사를 거부하고 있습니다."

"으음, 일단 가보자."

아무리 말을 듣지 않아 가두어놓았다고는 하지만 그래도 자신이 마음에 둔 여자가 굶고 있다는 것이 신경 쓰였는지 잭슨의 발걸음이 약간은 무거워 보였다.

"어때? 아직도 내 말에 따를 생각이 없는 게냐?"

"각하께서 절 풀어주신 다음 정식으로 사과하면 생각해 볼게요. 저는 강압적인 남자는 정말 싫거든요."

잭슨은 그답지 않게 매우 부드러운 말투로 물어보았지만 파비앙은 어림도 없다는 듯 들어주기 힘든 조건을 내세웠다.

사실 그렇게 하는 것이 옳은 일이지만 그의 입장에서는 화가 치밀 만한 이야기다.

"내가 죽인다고 해도 말이냐?"

"그래도 할 수 없죠. 차라리 죽으면 죽었지 내가 싫어하는 성격의 사람과 함께하고 싶은 마음은 추호도 없거든요."

"끄응, 내가 너를 죽이지 못할 것 같은가?"

지금까지 그 누구도 자신 앞에서 이처럼 당돌한 태도를 보인 여자는 없었다.

정상적이라면 이런 경우 파비앙을 진짜로 죽여야 마땅했다. 하지만 이상하게 잭슨은 오히려 그런 그녀에게 더욱 마음이 쏠리고 있었다.

"헤아릴 수 없을 만큼 많은 사람을 죽인 분이시니 거기에 저 하나 보탠다고 이상할 것은 없겠죠. 하지만 아무리 그렇게 말씀하셔도 저는 정의를 믿어요. 그리고 저의 아버지를 믿고요. 아마 지금쯤이면 저를 찾기 위해 이곳으로 오고 있을걸요."

"겨우 렌탈 남작 정도의 이름으로 이 천하의 잭슨을 겁먹게 할 수 있을 거라고 생각했나? 그거 정말 가소로운 생각이로구나."

대답은 이렇게 하면서도 잭슨은 약간 뜨끔했다.

오고 있는 것이 아니라 이미 자신의 성문 앞에 도착해 있으니 말이다. 물론 진짜로 겁을 먹고 있는 것은 아니지만.

"세상 사람들은 제 아버지께서 얼마나 대단한 분인지 잘 모르고 있죠. 그분만이 가지고 있는 재능도 말이에요."

"재능? 어떤 재능?"

파비앙의 말이 교묘해서 그런지 잭슨은 그녀의 말에 끌려들어 갔다. 바짝 호기심을 느끼는 것을 보면 말이다.

물론 그녀는 진짜 파비앙이 아니라 숀이었지만.

"그분은 놀라운 능력을 가진 사람들을 휘하로 끌어들이는 재주가 있으시거든요. 특히 마법사 멀린님과 신비의 기사는 왕국 그 누구보다 뛰어난 분들이지요."

"으음, 신비의 기사가 정말 실존하는 인물인가?"

"당연하죠. 그분이 없었다면 어떻게 테우신 영지를 그리 쉽게 차지할 수 있었겠어요?"

말은 이렇게 하면서 숀은 속으로 괜히 쪽팔렸다. 자신이 자신을 높여주는 꼴이기 때문이다.

"기왕 그런 말이 나왔으니 한 가지 물어보자."

"물어보세요. 제가 아는 것이라면 대답해 드릴 테니까."

이미 숀은 잭슨의 심리를 꿰뚫고 있었다. 그랬기에 그가 무엇을 물어볼지도 충분히 예상하고 있었다. 시치미를 떼고 있지만 말이다.

"정말 너의 영지 마법사들은 말에 올라탄 채로 마법을 쓸 수 있는 게냐?"

"어머, 각하께서는 아직까지도 그 소문을 듣지 못하셨

나요?"

"무슨 소문 말이냐?"

파비앙으로 변신 중인 손이 또다시 교묘한 말로 잭슨의 심기를 건드렸다.

"우리 영지에는 전투 마법사들이 있다는 소문 말이에요. 그들은 말을 타고 달리면서 마법을 사용할 수 있을 뿐만 아니라 기사들과 겨루어도 지지 않을 정도의 체력을 갖추고 있거든요. 그래서 앞에 전투라는 수식어를 쓰죠."

"네가 지금 감히 나를 놀리려는 게냐? 기사와 맞먹을 정도의 체력을 가진 마법사가 어떻게 존재할 수 있다는 말이냐!"

잭슨이 무서운 얼굴로 버럭 소리를 질렀다. 파비앙이 일부러 말을 지어낸다고 여긴 탓이다.

"저는 누구처럼 거짓말을 하는 사람이 아니에요. 그리고 어차피 저희 아버지께서 오시면 곧 알게 될걸요?"

"좋다, 그럼 두고 보겠다. 만일 네 말이 사실이라면 널 바로 풀어주겠지만 거짓일 때는 나의 신부가 되어라. 어때?"

파비앙의 도발에 걸려든 잭슨이 마침내 조건을 내세웠다.

자신의 생각을 너무 믿었기에 저지른 실수라고 할 수 있었다.

그래서인지 살짝 고개를 숙이고 있는 그녀의 입가에 미소가 맺혔다가 순식간에 사라졌다.

"저야 좋지만 어떻게 각하를 믿을 수가 있죠? 그들이 그런 실력을 보여도 아니라고 우기면 그만일 텐데요?"

"나를 어떻게 보고 그런 실례의 말을 하는가! 내 비록 그대가 마음에 들어 약간의 강압적인 태도를 보인 것은 인정하지만 그래도 명색이 백작이다. 약속은 지킨다네."

그렇게 잭슨은 걸려들었다.

아무리 그가 뻔뻔스럽다고는 하나 근처에는 꽤 많은 사람이 듣고 있었다. 금방 어길 수 있는 약속은 아니라는 말이다.

그는 그 말만 남겨 놓고 부랴부랴 밖으로 나갔다.

속으로 파비앙을 아내로 맞이할 수 있게 되었다는 기쁨을 만끽하며 말이다.

2

첫 번째 전투에서 잭슨 영지군은 모두 삼천팔백에 달하는 병력을 잃었다. 사상자는 겨우 이백 명도 채 되지 않았지만 대부분 항복을 하거나 포로로 잡힌 것이다.

하지만 그래도 다행히 천이백여 명은 운이 좋게도 성 안으로 도망칠 수 있었다.

"너희들은 모두 저쪽에 마련해 놓은 막사에서 쉬고 있어라. 잠시 후에 사제님이 가실 것이니 그때까지 기다려라."

"감사합니다."

이미 전투에서 철저하게 패배한 병사를 또다시 전쟁터로 내몰 수는 없었다. 그렇게 해봤자 오히려 다른 병사들의 사기까지 떨어뜨릴 가능성만 높기 때문이다.

그 점을 잘 알고 있기에 작전사령관 제이콥은 그들을 별도로 준비해 놓은 막사로 격리 수용했다.

"우리가 아무리 패잔병이라도 그렇지, 이건 좀 너무한 것 아닙니까? 일반 병사와 기사를 같은 취급 하다니… 빌어먹을."

"패배의 책임을 물어 감옥에 처넣지 않은 것만 해도 다행이라고 생각하게. 전쟁이 완전히 끝나지 않은 상태라 그나마 이 정도로 끝내는 것일 게야."

이유는 이해할 수 있지만 아무리 그래도 기사들 입장에서는 불만일 수밖에 없었다.

아무리 그래도 목숨을 내걸고 싸우고 돌아왔는데 이런 대접을 받아야 하다니…….

제이콥과 그의 부관이 돌아가자 기사들은 따로 모여서 서로 투덜거렸다.

"이런 식이니 우리가 질 수밖에… 빌어먹을."

"이럴 바에는 차라리 다른 녀석들처럼 우리도 항복할걸 그랬어. 아까 그놈들 실력 봤지? 병사든 기사든 엄청난 실력을 가진 데다가 마법사들이 말을 타고 달리면서 마법을 난사했잖아. 내 평생에 그런 마법사들은 본 적도 들은 적도 없다고. 자네들은 봤어?"

"당연히 못 봤지. 그런데 자네 그 말 진심이야? 항복할걸 그랬다는 말."

"당연하지. 그자들이 성으로 쳐들어오면 함락은 시간문제라고. 그리고 렌탈 남작은 항복한 기사들에게 너그럽기로 소문난 분이야. 그쪽 병사 중 절반 이상은 항복해서 같은 편이 된 사람들일걸?"

아군에게는 푸대접을 받은 상황인 데다가 겪어본 적의 능력은 상상을 초월했다. 거기에 항복을 해도 잘 대해준다는 그 한마디가 모든 기사들의 마음을 움직였다.

아무리 기사라도 해도 죽기 싫은 것이나 계속 잘살고 싶은 마음은 기본 본능이라고 할 수 있지 않겠는가. 특히 그동안 사악하고 탐욕스러운 잭슨 백작 아래서 근무한 기사들이라 더 그런지도 몰랐다.

"그럼 이제 어떻게 하지? 다시 나가서 항복한다는 것도 쉬운 일이 아니잖아?"

"그것보다는 차라리 이곳에서 기다리고 있다가 렌탈 영지군이 성을 함락하기 위해 움직일 때 안에서 호응을 해주는 것이 어떨까? 그렇게 하면 렌탈 남작님도 우리의 공로를 인정해 줄 것 같은데."

이야기가 점점 이상한 쪽으로 흘러가고 있었다.

하지만 알고 보면 그리 이상한 것도 아니었다. 왜냐하면 이들 가운데는 손이 미리 교육시켜 놓은 스파이가 여러 명 숨어 있기 때문이다.

그들은 아까 전투를 치르며 자신들과 체구가 비슷한 적 기사 몇 명의 모습을 유심히 지켜보았다. 그러고는 마법사 멀린의 능력을 빌려 그들의 얼굴과 똑같은 변신 가면을 준비해 놓았다가 혼란을 틈타 감쪽같이 바꿔치기했다.

이런 준비는 아까 몰래 성 안까지 들어왔다가 사라진 소피아 등과 비슷한 맥락이다. 아무리 전투력이 대단한 기사단을 이끌고 있다지만 성을 함락시키는 일은 그리 만만한 일이 아니다.

손이 자신의 능력을 다 보여줄 각오를 한다면 간단하겠지만 말이다.

아무튼 아직 그것은 내키지 않았기에 그는 미리 이런 작전도 세워놓은 것이다. 그리고 그건 폭군 잭슨의 평소 지랄 맞은 행동 덕분에 예상보다 더 잘 먹히고 있었다.

"그거 아주 좋은 생각인 것 같은데? 게다가 아까 보니 우리 영주님은 여전히 기고만장해서 병사들을 모두 이끌고 나가서 싸울 것 같았거든. 그렇게 되면 성 안은 거의 비게 될 것 아니야?"

"바로 그때가 기회인 거지. 하지만 그전에 우리 병사들부터 설득할 필요가 있을 것 같아. 저들이 함께해야 일이 더 쉬워질 것 아니겠어?"

그저 작은 불평불만에서 시작된 이야기가 어느새 반역으로 이어지고 있었다. 평소 이들이 폭군 잭슨에게 얼마나 당해왔는지 알 수 있는 대목이다. 특히 집안에 여동생이나 누나, 혹은 예쁜 어머니가 있는 기사들은 더 그랬다. 잭슨 백작은 상대가 누구든 예쁘기만 하면 껄떡거렸기 때문이다. 결국 이 모든 일은 잭슨 그의 자업자득이라는 뜻이다.

"저기… 대장님, 제가 병사들을 대신해서 한마디 드려도 될까요?"

"오, 자네는 병사 한슨이 아닌가? 무슨 일인지 어서 말해 봐라."

"감사합니다. 죄송합니다만 사실 저희들은 지휘관님들께서 나누는 이야기를 본의 아니게 엿들었습니다. 이곳이 워낙 좁지 않습니까?"

엄청나게 큰 임시 막사라고는 하나 천여 명이 동시에 들어와 있는 상황이라 몹시 좁게 느껴질 수밖에 없었다.

　"그런데? 설마 백작에게 고자질하겠다고 협박이라도 하고 싶은 겐가?"

　"천만에요! 그 반대입니다. 저희들도 지휘관님들과 함께할 수 있도록 해주십시오. 이미 그러기로 합의한 상태입니다."

　아무리 직속 지휘관과 병사라지만 반역을 꾀할 경우에는 반목이 일어날 수 있었다.

　삼족이 멸할 수도 있는 상황에서 무턱대고 반역에 동참하라고 강요하기도 힘들고 말이다.

　그럴 때 오히려 병사들이 동참하겠다고 나서자 기사들의 결심은 더욱 확고해졌다.

　"좋았어! 자네들의 생각이 그렇다면 당연히 함께해야지! 그럼 이제부터 치밀하게 작전을 세워볼 테니까 자네들은 잠시 기다리고 있게."

　"감사합니다! 그저 명령만 내려주십시오! 그럼."

　병사 대표로 온 자가 다시 돌아가자 기사들은 더욱 가까이 모여 열심히 의견을 주고받기 시작했다. 반역을 성공하려면 그만큼 치밀해야 했기 때문이다.

　그런데 바로 그때.

"다들 고생이 많구려."

"충! 어서 오십시오, 대사제님!"

막사 입구의 천이 열리며 대사제 드로운이 나타났다. 그러자 기사들은 당황한 기색을 얼른 감추며 그에게 인사부터 했다.

"다친 병사들을 보살피러 왔소. 환자들은 어디에 있는 거요?"

"아, 그렇지 않아도 부상자들은 저쪽에 따로 모아두었습니다. 이리 따라오시지요."

기사들은 드로운이 아무것도 눈치채지 못한 것 같아 보이자 안심하며 그를 부상자들에게 인도했다. 그런데 그 뒤를 따라가던 사제가 갑자기 입을 열었다.

"나도 당신들 작전에 끼워주시오. 우리 사제들도 제법 쓸모가 있을 거요."

"네에? 그, 그게 무슨 말씀이신지……."

드로운의 이 한마디에 기사들은 기겁했다.

벌써 작전이 새어 나갔기 때문이다. 게다가 상대는 성 안에서 손가락으로 꼽을 수 있는 핵심 인물 중 한 명이지 않은가. 기절하지 않은 게 이상할 정도이다.

"허허, 그렇게 놀라거나 경계할 필요 없소. 나 역시 갈수록 봐줄 수 없는 잭슨 백작의 악행에 신물이 다 날 지경이니까. 어찌 보면 이런 기회를 기다리고 있었는지도 모르지. 싫소?"

"그 말씀… 진심이십니까?"

끄덕끄덕.

드로운의 진심 어린 말에 기사 한 명이 대표로 물었다. 그러자 사제는 가만히 고개를 끄덕임으로써 대답을 대신했다. 말보다 훨씬 나은 표현이다.

"환영합니다, 드로운 대사제님. 지금부터 대사제님께서 우리의 지도자이십니다."

"잘 부탁드립니다, 대사제님."

쿵!

그저 치료만 하는 사람이 사제인 것 같지만 알고 보면 그들도 엄청난 마나를 보유하고 있었다.

마나가 없으면 고급 치료가 불가능하기 때문이다.

마나는 이렇게 대부분 치료에만 사용하지만 사제 스스로를 지키기 위해 몇 가지 공격 마법도 습득하는 것이 보통이었다.

특히 대사제쯤 되면 그 능력은 어지간한 기사보다 훨씬 나았다. 기사들도 그 정도는 알고 있었기에 이처럼 드로운을 지도자로 추대한 것이다. 밖에서는 다시 전운이 짙어지고 있었다.

하지만 안에서는 그보다 훨씬 더 무섭고 확실한 전투가 준비되어 가고 있었다. 아직은 아무도 알 수 없는 그런 전투가 말이다.

Chapter 15

일촉즉발

건들면죽는다

1

둥! 둥! 둥! 둥!

아까와는 다르게 거대한 북소리부터 들린 다음 성문이
활짝 열렸다.

그리고 곧 그 안에서 화려하기 짝이 없는 깃발과 말 한
마리가 등장했다.

바로 잭슨 백작이 탄 말과 기수가 나란히 나오고 있는 것
이다.

"저자가 놀려 나오는 기분을 내고 있는데요?"

"후후, 그냥 두고 보자. 조금 있으면 놀라서 기겁하고 꽁

무니부터 뺄 테니."

"하하! 하긴 그러겠네요. 벌써 멀린 마법사께서 단단히 준비를 하고 계시니까요."

멀리서 드워프제 고급 망원경으로 그 모습을 살펴보던 두 사람이 말을 주고받았다.

바로 렌탈 남작과 그의 의동생 크롤 백작이다.

그들은 무려 팔천 명이나 되는 적이 등장했는데도 전혀 긴장한 모습을 보이지 않고 있었다.

게다가 뭔가 꿍꿍이가 있는 대화를 나누고 있는 중이다.

"후후, 오늘을 기해서 세상 사람들은 비로소 제대로 알게 되겠지. 바로 전투 마법사의 능력을 말이야."

"휴우, 저도 지금 그것 때문에 심장이 두근두근합니다. 조금만 있으면 정말 멋지고 재미있는 장면이 펼쳐질 테니까요."

이들이 거론하는 주제는 바로 멀린이 이끌고 있는 전투 마법사였다.

어째서 지금 그 이야기부터 하고 있는지는 정확히 알 수 없었다.

하지만 애초부터 미리 계획된 작전과 관련이 있는 것만큼은 확실해 보였다.

"우리는 어쩌면 후세 역사가들 사이에서 두고두고 거론 될지도 모르는 위대한 일을 보게 될지도 모르지. 바로 공식 적인 전투 마법사의 탄생일일 테니까."

"저도 그렇게 생각합니다. 그나저나 우리 주군께서는 정 말 사람이 맞는 것인지 의심될 정도로 대단하십니다. 어떻 게 그 짧은 시간에 이런 작전을 한꺼번에 생각해 낼 수 있 었을까요?"

렌탈 남작의 말에 대답하던 크롤 백작이 뜬금없이 질문 을 던졌다.

지금 벌어지려고 하는 일에도 손의 지시가 숨어 있는 모 양이다.

"그건 나도 마찬가지일세. 아마 지금 잭슨은 주군을 먼저 만나고 나왔을 거네. 물론 파비앙으로 변신해 있는 모습이 겠지만… 아무튼 그렇다는 것은 전투 마법사에 관한 이야 기를 들었다는 것일 테고, 그것을 확인하는 순간 결국 어쩔 수 없이 주군을 풀어주게 되겠지. 아무리 뻔뻔스러운 자라 고 해도 그건 어쩔 수 없을 것 같아."

"주군이시라면 빼도 박도 못할 약속을 받아냈을 게 분명 합니다. 만일 그 약속마저 지키지 않는다면 제 검이 용서치 않을 겁니다."

"어머, 크롤 백작님, 다른 것은 다 양보해 드릴 수 있지만 그것만큼은 참아주세요. 이번 일이 저와 우리 소피아 상단 사람들에게 얼마나 중요한 일인지 백작님도 아시잖아요."

"어이쿠, 작전 대장님 오셨습니까? 하도 귀신처럼 나타나시는 바람에 놀랐습니다. 물론 최후는 작전 대장님께서 처리해야겠지요. 단지 제가 그를 꼼짝도 못하게 해놓겠다는 뜻이었습니다."

두 사람이 한창 이야기에 열중하고 있을 때 갑자기 소피아가 나타나 대화에 끼어들었다.

그것도 잭슨 백작이 나오는 쪽을 표독스러운 얼굴로 노려보면서 말이다.

어찌나 차가운 분위기였는지 대꾸를 하는 크롤 백작의 말투가 떨릴 정도이다.

"그를 잡는 것부터 처단까지 모두 저희에게 맡겨주시면 안 될까요? 꼭이요."

"안, 안 될 리가 있겠습니까? 대장님께서 원하신다면 당연히 그렇게 해드려야지요. 헤헤."

대륙 제일이라고 해도 아무도 토를 달 수 없을 만큼 절대적인 미를 가지고 있는 소피아이다.

거기에 향후 자신이 모시고 있는 주군의 아내가 될 가능성도 높았다.

요즘 아무리 크롤 백작의 기상이 높아지고 검술 실력이 발전했다지만 그런 소피아의 말에 대놓고 반대할 만한 담력은 없었다.

"나 역시 잭슨 백작의 일만큼은 소피아 대장님께 맡기기로 다짐한 상태입니다. 그러니 아무 걱정 하지 마십시오."

"진심으로 감사드려요, 렌탈 남작님, 그리고 크롤 백작님. 두 분이 계시기에 여기까지 올 수 있었어요."

"어이쿠, 별말씀을요. 제발 고개를 드십시오. 저희가 감당할 수 없습니다."

싱긋!

렌탈마저 이렇게 말하자 소피아가 두 사람에게 살포시 고개를 숙이며 감사의 말을 전했다.

그러자 둘 다 얼른 자리를 옆으로 비켜서며 손사래를 쳤다.

향후 왕비가 될지도 모르는 사람에게 인사를 받는다는 것은 말도 안 되는 일이기 때문이다.

그 점을 느꼈는지 소피아가 고개를 들며 둘을 향해 상큼한 미소를 날렸다.

정녕 천사의 모습이 따로 없었다.

어쨌든 이들이 이런 대화를 나누고 있는 동안, 파비앙과 멀린은 아까 숨어 있던 곳에 다시 은신한 채 그들만의 이야기를 하고 있었다.

"어머, 그게 사실이에요? 그럼 주군께서는 진작부터 나로 변장할 생각을 하고 있었던 거네요?"

"아이고, 그게 아닙니다, 아가씨. 소피아 대장은 얼굴이 알려져 있을 가능성이 있다며 그 자리에서 바로 결정한 일이거든요. 그러니 미리 생각했다고 보긴 힘들죠. 다들 경악하는 이유도 바로 거기에 있습니다. 그 짧은 시간에 앞으로 일어날 상황을 미리 아시고 이처럼 탈출 방법까지 정해놓았으니까요."

두 사람도 지금 숀이 어떻게 잭슨 백작을 도발해서 탈출할 것인지에 관한 이야기를 나누고 있었다.

파비앙은 작전이 세워질 당시 짐머만 영지에 있었기에 이 부분에 대해선 전혀 모르고 있었다.

"하아, 우리 주군만이 가능한 일이겠지요. 그럼 이제 나머지는 멀린 마법사님께 달린 거네요? 자신… 있으시죠?"

"허허허! 자신 있느냐고요? 아마 주군께서 아가씨의 그 질문을 들으셨다면 배꼽을 잡고 웃었을 겁니다."

"어째서요?"

남은 기껏 생각해서 신중히 물었건만 정작 당사자는 낄

낄 웃으며 말했다. 발끈할 수밖에 없는 일이다.

"저희들은 주군께 목숨을 맡긴 이후부터 혹독한 훈련을 받아온 전투 마법사입니다. 처음에는 죽을 고비도 여러 차례 넘겼지요. 하지만 그 덕분에 지금은 그 어떤 마법사와 비교해도 뒤떨어지지 않는, 아니, 오히려 그들을 훨씬 뛰어넘는 전투 마법사가 되었습니다. 그런 저희들에게 가장 쉬운 일이 무엇인지 아십니까?"

"그, 그게 뭔데요?"

"그건 바로 말을 타고 마법을 난사하는 일입니다. 우리 마법군단에서 가장 실력이 떨어지는 자도 기본적으로 할 수 있는 일이지요. 지금부터 아가씨께 그것을 증명해 보이겠습니다. 모두 캐스팅은 끝났는가?"

"네, 군단장님!"

대답을 해주던 멀린이 갑자기 자신과 파비앙을 바라보고 있는 마법군단 대원들에게 물었다.

순간 그들의 입에서 우레와 같은 대답이 터져 나왔다.

과연 보통의 마법사들과는 다른 전투 마법사들만이 보여줄 수 있는 패기였다.

"그렇다면 이제 모두 말에 올라라! 지금부터 잭슨의 간담을 서늘하게 만들어주기 위해 출전한다!"

"와아아아~!"

그리고 곧 그들은 미친 듯 질주하기 시작했다. 바로 잭슨 백작의 팔천 명 군대를 향해서였다.

두두두두!!

『건들면 죽는다』 13권에 계속…

초대형 24시 만화방

신간 100%, 샤워실, 흡연실, 수면실(침대석), 커플석, 세탁기 완비

■ 강북 노원역점 ■

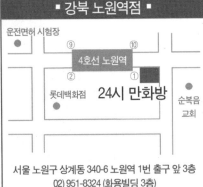

서울 노원구 상계동 340-6 노원역 1번 출구 앞 3층
02) 951-8324 (화용빌딩 3층)

■ 일산 정발산역점 ■

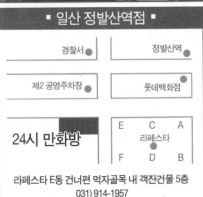

라페스타 E동 건너편 먹자골목 내 객잔건물 5층
031) 914-1957

■ 일산 화정역점 ■

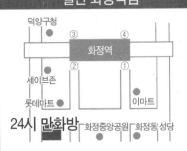

경기도 고양시 덕양구 화정동 984번지 서일빌딩 7층
031) 979-4874 (서일사우나 건물 7층)

■ 부천 역곡역점 ■

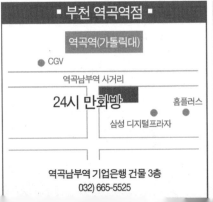

역곡남부역 기업은행 건물 3층
032) 665-5525

■ 부평역점 ■

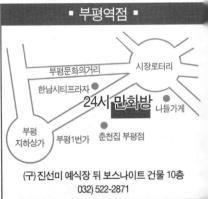

(구)진선미 예식장 뒤 보스나이트 건물 10층
032) 522-2871

가프 장편 소설

관상왕의
1번룸

FUSION FANTASTIC STORY

거대한 도시의 그늘에서 벌어지는
짜릿하고 통쾌한 이야기!

『관상왕의 1번룸』

텐프로의 진상 처리 담당, 홍 부장.
절망적인 삶의 끝에서 만난 남국의 바다는
그를 새로운 인생으로 인도하는데⋯⋯.

쾌락을 원하는 거부, 성공에 목마른 사업가,
그리고 실패로 절망한 사람들이여.

여기, 관상왕의 1번룸으로 오라!

Book Publishing CHUNGEORAM

내일을 향해 쏴라

김형석 장편 소설

FUSION FANTASTIC STORY

1만 시간의 법칙!
'성공은 1만 시간의 노력이 만든다' 는 뜻이다.

그러나…
사회복지학과 복학생 수.
전공 실습으로 나간 호스피스 병동에서
미지와 조우하다.

1만 시간의 법칙?
아니, 1분의 법칙!

전무후무한 능력이 수에게 강림하다!
맨주먹 하나로 시작한 수의
인생역전이 시작된다!

Book Publishing CHUNGEORAM

유행이 아닌 자유추구 ~
WWW.chungeoram.com

글샘 장편 소설
FUSION FANTASTIC STORY

세상을
다가져라

[세상을 다 가져라]

문피아 선호작 베스트 작품 전격 출간!
현대판타지, 그 상상력의 한계를 넘어서다!

권고사직을 당한 지 2년째의 백수 권혁준.

우연히 타게 된 괴상한 발명품으로 인해
과거로 회귀한다!

그런데
과거로 온 혁준의 손에 들려 있는 것은 바로
최신형 스마트폰!

"까짓 세상, 죄다 가져 버리겠다 이거야!"

백수였던 혁준의 짜릿한 인생 역전이 시작된다!

Book Publishing CHUNGEORAM

유행이 아닌 자유추구 -
WWW.chungeoram.com

떡운 장편 소설

FUSION FANTASTIC STORY

진공 **三國志**
삼국지

2세기 말 중국 대륙.
역사상 가장 치열했던 쟁패(爭覇)의
시기가 열린다!

중국 고대문학을 공부하던 전도형,
술 마시고 일어나니 도겸의 둘째 아들이 되었다?

조조는 아비의 원수를 갚으러 쳐들어오고
유비는 서주를 빼앗으려 기회만 노리는데……

"역시 옛사람들은 순수하다니까.
　유비가 어설픈 연기로도 성공한 데는 다 이유가 있지, 암."

**때로는 군자처럼, 때로는 효웅처럼!
도형이 보여주는 난세를 살아가는 법!**

Book Publishing CHUNGEORAM

유행이 아닌 자유추구 -
WWW.chungeoram.com

이경영 판타지 장편소설

FANTASY FRONTIER SPIRIT

그라니트

용들의 땅

GRANITE

사고로 위장된 사건에 의해 동료를 모두 잃고 서로를 만나게 된 '치프' 와 '데스디아'.
사건의 이면에 상식을 벗어난 음모가 있음을 알게 된 둘은
동료들의 죽음을 가슴에 새긴 채 각자의 고향으로 돌아간다.
2년 후, 뜻하지 않게 다시 만난 두 사람은 동료들의 복수를 위해
개척용역회사 '그라니트 용역' 을 설립해 다시금 그 땅을 찾게 되는데……

용들이 지배하는 땅 그라니트!
그곳에서 펼쳐지는 고대로부터 이어지는 운명적 만남,
깊어지는 오해, 그리고 채워지는 상처.

『가즈 나이트』시리즈 이경영 작가의 미래형 판타지 신작!

Book Publishing CHUNGEORAM

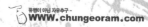